LE SECRÉTAIRE DE L'AMOUR

A L'USAGE DES GENS DU MONDE

CONTENANT

DES MODÈLES POUR DÉCLARATIONS

DEMANDES EN MARIAGE, ETC.

PARIS

LIBRAIRIE DE JULES TARIDE

2, RUE DE MARENGO, 2

LE

SECRÉTAIRE DE L'AMOUR

10339. — PARIS, IMPRIMERIE A. LAHURE
9, rue de Fleurus, 9

LE

SECRÉTAIRE

DE L'AMOUR

DE L'AMOUR NATUREL ET DE L'AMOUR LÉGITIME

CONTENANT

Modèles de demandes en mariage, de déclaration de rupture, etc.

PAR

A. MANILLIER

PARIS

LIBRAIRIE DE JULES TARIDE

2, Rue de Marengo, 2

1884

PRÉFACE

Le recueil de lettres que nous offrons aujourd'hui au lecteur forme un ouvrage complètement nouveau, sinon par le fond qui ne peut guère varier quand on traite de questions d'amour, du moins par la forme à laquelle nous avons apporté un soin tout particulier. Ces lettres, pour la plupart, sont un peu longues, quelquefois même trop longues : nous l'avons fait à dessein. La personne qui voudra s'en servir aura ainsi plus de chances de rencontrer des passages ou des idées conformes à la situation d'esprit dans laquelle elle se trouve ; et d'ailleurs, en pareille matière, il est plus facile de retrancher que d'ajouter. Puis, si c'est un défaut de donner trop d'étendue à une lettre, à une lettre d'affaires surtout, il n'en est pas de même dans le cas qui nous occupe. L'amoureux prend plaisir à développer, à délayer sa pensée, à la présenter sous toutes ses formes; il va plus loin: souvent il adopte indistinctement les idées les plus opposées qui traversent son esprit, se souciant fort peu de se contredire.

Tels sont les motifs qui nous ont porté à donner à nos lettres en général plus d'étendue que le sujet n'en comportait réellement ; nous n'avons pas visé à faire des chefs-d'œuvre littéraires, nous avons voulu simplement être utile.

Le lecteur trouvera à la fin de l'ouvrage un choix de lettres d'écrivains célèbres ; il est bien évident qu'on n'en pourra rien copier, pas une phrase, pas une ligne ; mais il sera intéressant et profitable de les lire, de les méditer : on y surprendra la diversité d'impressions que chacun d'eux a ressenties, suivant sa nature; on y verra jusqu'à quelle finesse d'analyse les uns sont descendus, jusqu'à quelle hauteur d'éloquence se sont élevés les autres; et insensiblement on arrivera de la sorte à élargir le cadre de ses idées, à épurer son goût et à former son style.

LE
SECRÉTAIRE DE L'AMOUR

CHAPITRE PREMIER

AMOUR NATUREL

Déclaration d'amour

Mademoiselle,

Depuis que je vous ai vue, une transformation complète s'est opérée dans tout mon être : mes camarades ne me reconnaissent plus, et j'ai de la peine à me reconnaître moi-même. Je fuis leur société, leur gaieté me fait mal, leurs propos m'irritent et me pèsent ; je n'aspire plus qu'au moment d'être seul, renfermé dans ma chambre, loin de tout bruit, et là, ma pensée s'envole aussitôt vers vous en toute liberté. Je vous revois telle que vous m'êtes apparue pour la première fois, avec votre divin sourire ; j'entends votre voix enchanteresse, je me retrouve sous le charme de votre conversation si enjouée et si spirituelle, et je reste plongé pendant des heures entières dans une ivresse voisine de l'extase.

La semaine dernière, quand je suis allé chez vous, je m'étais armé de courage, j'étais résolu à tout vous dire ; mais, à mesure que j'approchais de votre demeure, j'ai senti ma volonté fléchir, mes jambes se se dérober sous moi : une main de plomb semblait me clouer au sol. J'ai tenté de réagir, et je suis parvenu jusqu'à vous; mais, en votre présence, ma vue se troubla, la voix s'arrêta dans ma gorge, et je ne pus que balbutier des mots inintelligibles.

C'est en vain, je le sens, que je voudrais recommencer cette épreuve : aussi me suis-je décidé à confier au papier, messager plus fidèle, l'expression de ma pensée tout entière. Prenez pitié, je vous en conjure, de l'état où je me trouve : je ne vous demande pas pour moi cet ardent amour qui est devenu ma vie, je sais que c'est impossible ; mais apprenez-moi, de grâce, si je puis espérer que vous voudrez bien tolérer mes soins, consentir à être entourée d'une affection qui, pour être discrète, n'en sera pas moins profonde.

Un mot, je vous en supplie ! il me tirera d'une incertitude qui me tue, en m'apportant la félicité ou le désespoir !

Le plus dévoué de vos adorateurs.

Autre déclaration d'amour

Mademoiselle,

Vous allez probablement sourire, et pourtant, je vous l'avoue en toute franchise, je recommence ma lettre pour la dixième fois, sans parvenir à rencontrer sous ma plume d'expressions qui satisfassent ma raison et mon cœur, qui vous dépeignent avec fidélité les sentiments dont je suis agité depuis que je vous ai vue. Ce n'est pas seulement un amour ardent et passionné, c'est aussi une tendresse non moins vive que respectueuse, une adoration profonde, un culte, une religion que je vous ai vouée dès la première heure. Repousserez-vous celui qui s'est fait votre esclave, qui serait heureux de vous obéir au moindre geste, au moindre signe, qui prendrait à tâche de deviner jusqu'à vos désirs?...

Non! non! croyez-le bien, ce n'est pas un sentiment banal qui me fait vous écrire, un caprice passager qui, d'ailleurs, serait une brutale injure à votre adresse....

Je ne sais quel effet ces lignes produiront sur vous; peut-être trouverez-vous de l'exagération dans mon langage, et cependant il est bien au-dessous de la réalité!

Je n'ose continuer, dans la crainte de vous être importun ; je me bornerai à vous supplier, à vous conjurer par tout ce que vous avez de plus cher, à ne pas me laisser dans l'incertitude. Loin de moi la pensée de peser en quoi que ce soit sur la détermination que vous allez prendre à mon égard ; je dois vous dire néanmoins qu'il s'agit là pour moi d'une question suprême, que vous tenez mon sort entre vos mains, que vous êtes l'arbitre de ma destinée ! Avec vous, je puis arriver à tout, je puis tout acquérir : fortune, gloire, honneurs, renommée, rien ne me sera difficile ; sans vous, je suis condamné à végéter jusqu'à ce que je rentre dans le néant, qui, seul alors, me rendra le repos en m'apportant l'oubli.

Daignez agréer, Mademoiselle,
L'expression de mes hommages profondément respectueux.

Autre déclaration d'amour

Mademoiselle,

C'est sous le coup d'une vive émotion, c'est en proie à un trouble inexprimable, que je prends la plume aujourd'hui, pour vous faire part de sentiments que je n'ai pas encore osé vous déclarer de vive voix. Et cependant, le hasard — est-ce bien le hasard ? — nous a déjà fait rencontrer plusieurs fois ; il est vrai que le temps nous était de part et d'autre mesuré d'une main avare, mais était-il besoin d'un long discours pour vous dire que vous êtes ma pensée et ma vie, que vous êtes l'âme de mon âme, en un mot, que vous êtes tout pour moi ? Je vous le répète, je n'ai pas osé. Et maintenant que, loin de vous, je devrais être plus hardi, maintenant que je voudrais vous exprimer tout ce que je ressens pour vous de tendresse, de dévouement, d'adoration, les mots me manquent, les expressions qui viennent sous ma plume sont froides ou banales, impuissantes en tout cas à rendre ma pensée.

Prenez pitié de l'état où je suis, pardonnez-moi ce trouble insurmontable qui s'est emparé de tout mon être, qui m'étreint et me paralyse au point de me laisser à peine la possibilité de vous offrir un cœur qui battra pour vous jusqu'à la mort. Et quand nous nous retrouverons en présence, je vous en supplie, faites-moi connaître votre arrêt : un mot, un geste, un signe, un regard m'apprendra si je pourrai me dire le plus heureux ou

Le plus malheureux des mortels.

Déclaration d'amour d'un militaire

Mademoiselle,

Je viens solliciter votre indulgence, car si mon bras sait manier une épée, si je ne suis pas novice dans le métier des armes, ma main est peu habituée à tenir une plume, je suis assez inexpérimenté dans l'art d'écrire.

Mais, en revanche, si je ne sais pas faire de phrases, je suis franc, tout d'une pièce; quand je vous dirai que je vous ai aperçue dernièrement à travers la fenêtre de votre atelier, occupée à chiffonner des étoffes de soie ou à faire des fleurs qu'on aurait crues naturelles, tant elles avaient de fraîcheur, d'éclat et de velouté ; quand je vous dirai que depuis lors votre image trotte sans cesse dans ma cervelle, vous pourrez m'en croire, foi de soldat !

Ne prendrez-vous pas pitié de moi ? refuserez-vous d'accepter un cœur qui ne bat que pour vous ? Ah ! ne doutez pas de ma fidélité, de ma constance ! n'écoutez pas les préjugés ! On nous a chansonnés autrefois ; on a dit que l'amour aime à changer de garnison. C'est une indigne calomnie contre laquelle je proteste de toutes mes forces ! Rappelez-vous que Mars et Vénus faisaient bon ménage ensemble ; qui nous empêche d'en faire autant ? Dites, le voulez-vous ?

Un mot de réponse, s'il vous plaît, à celui qui se dit pour la vie,

Votre adorateur passionné.

Lettre à une demoiselle à qui on a déjà fait par écrit l'aveu de son amour et qu'on prie de rompre le silence.

Mademoiselle,

Que dois-je augurer de votre silence ? Est-il dû à l'indifférence, à la maladie, à une cause étrangère à votre volonté ? Peut-être ne croyez-vous pas à la sincérité de mes paroles, peut-être considérez-vous comme un simple caprice cet amour qui m'a frappé avec la promptitude de l'éclair, et qui, semblable au feu du ciel, consume et dévore tout mon être ! Ah ! si vous pouviez me voir en cet instant, fuyant la présence des hommes qui m'est devenue odieuse, affamé de solitude pour pouvoir descendre en moi-même et concentrer sur vous toute ma pensée, pour donner libre essor à mon imagination qui me permet de revoir votre divine image, vous ne douteriez plus de cette passion qui fait ma joie et mon tourment, qui tour à tour allume en moi le céleste flambeau de l'espérance ou me plonge dans l'horrible nuit du désespoir !

Voilà votre ouvrage, l'ouvrage de vos yeux, de votre sourire, de votre voix de sirène, de toute votre personne enfin, d'où s'échappe un fluide enivrant pour qui le respire ! Loin de moi la pensée de vous accuser, de vous rendre responsable des souffrances que j'endure ! mais vous pourriez d'un mot les dissiper à jamais, vous pourriez inonder mon ciel sombre de torrents de lumière ! Ce mot, le direz-vous ? Je l'attends, je l'espère, car il est impossible que vous ne soyez pas aussi bonne que belle. Mais sachez que, quelle que soit votre réponse, je vous bénirai encore : favorable, elle m'apportera une félicité que l'homme a peine à concevoir ; défavorable, elle mettra également fin à mes tortures, et améliorera par conséquent l'état où je suis, car je préfère la terrible réalité qui tue tout d'un coup, aux angoisses du doute qui sont une agonie perpétuelle.

Votre adorateur pour la vie.

Même sujet

Mademoiselle,

Tous ceux qui ont le bonheur de vous connaître se plaisent à vanter votre bonté et votre générosité : ce m'est un gage que vous me pardonnerez mon importunité, que vous excuserez mon insistance à obtenir un mot de votre main.

Voilà six grands jours que je vous ai écrit, et j'attends que vous décidiez de mon sort, en proie à la plus vive anxiété. Tantôt je vous vois, le visage souriant, plein de bienveillance, accueillant ma requête avec une faveur que je ne mérite assurément pas, mais dont je jure de me rendre digne; tantôt je vous vois, l'air irrité, hautain, me reprochant ma hardiesse, et ne répondant que par un mépris glacial à cette lettre où j'ai mis cependant toute mon âme, toute ma foi, toutes mes illusions, où je me suis laissé aller à vous dépeindre cette profonde adoration que je vous ai vouée pour la vie entière.

Vingt fois par jour je passe par ces cruelles alternatives de suprême espérance et de suprême désespoir, et, le soir venu, je me jette sur ma couche, brisé, rompu, brûlé par la fièvre, implorant de vous un peu de pitié, un peu de cette bienveillance que vous ne refusez pas à ceux qui vous approchent, vous seraient-ils même indifférents.

Mais je m'arrête; maintenant que je vous ai fait connaître mon supplice, maintenant que je vous ai dit mon martyre, vous ne voudrez pas le prolonger, vous excuserez ma prière. Que votre réponse soit favorable, et vous me verrez accourir à l'instant me jeter à vos pieds; sinon, e m'éloignerai pour toujours, emportant avec moi votre image à jamais gravée dans le fond de mon cœur.

A vous de toute mon âme.

Même sujet

Mademoiselle,

Après l'aveu que je vous ai fait la semaine dernière, j'espérais qu'une lettre de votre main viendrait mettre un terme à la douloureuse incertitude où je suis plongé : les jours se passent, et j'attends toujours, mais en vain. Je me livre à toutes les suppositions que peut enfanter une imagination exaltée par les tortures du doute, conséquence inévitable de votre cruel silence.

Peut-être ne croyez-vous pas à l'ardeur et à la sincérité de mes sentiments : vous avez dû entendre déjà tant de déclarations, les unes dictées par la politesse, les autres par le désœuvrement, que vous avez sans doute jugé la mienne faite sous la même influence. O mon Dieu! se pourrait-il!... Et cependant on dit que la vérité a un accent difficile à méconnaître! Je me suis donc exprimé bien maladroitement, que je n'ai pu réussir à porter la conviction dans votre cœur!

Mais peut-être aussi n'êtes-vous plus libre? un

autre a su vous plaire, et vous lui avez donné votre foi! Oh! à cette pensée je sens tout mon être... Non! c'est impossible! votre visage serait donc faux, votre regard si calme et si doux mentirait donc! Quoi! je serais forcé de détruire mon idole, de brûler ce que j'adore!...

Je m'égare, pardon! je suis en proie aux plus vives souffrances, de grâce, faites-les cesser; croyez bien, je vous en supplie, que je suis tout à vous, que je suis votre esclave, votre chose, dont vous pouvez disposer à votre gré; et, si vous doutez de mes paroles, imposez-moi une épreuve : quelque dure qu'elle soit, je jure d'en sortir vainqueur!

Daignez agréer, Mademoiselle,

L'hommage d'une ardeur aussi passionnée que respectueuse.

Lettre à une demoiselle qui a fait l'aveu de son amour

Mademoiselle,

Se peut-il bien que je ne rêve pas? que je vive encore à cette heure dans le monde de la réalité? Quoi! cette beauté qui attire tous les regards est alliée chez vous à une générosité sans bornes! Quoi!

vous avez dédaigné tant d'hommages pour abaisser vos regards sur moi, sur moi le plus humble de vos adorateurs! Non! la langue humaine ne possède pas d'expressions capables de peindre l'excès de mon bonheur, de vous faire comprendre l'immensité de ma reconnaissance!...

Mais qu'importe si les mots manquent? Ce qu'il faut maintenant, ce sont des actes, pour vous montrer que vous n'avez pas honoré un ingrat de vos bontés. Ah! ma vie entière vous était déjà acquise, mais à présent je pourrai vous en consacrer tous les instants, vous entourer de ma tendresse et de mon dévouement, et travailler à vous faire un sort qui excite l'envie et l'admiration du monde! Où n'arriverai-je pas, soutenu par votre amour? Désormais, plus rien d'impossible! Qu'on mette des barrières sur mon chemin, je les franchirai; qu'on élève des murailles, je les abattrai; qu'on m'emprisonne même, si l'on veut, je trouverai des ailes pour reconquérir ma liberté! Je veux le succès, je saurai l'atteindre! O amour! amour! sentiment qui émane de la Divinité, sainte passion qui régénère tout, levier magique qui nous donne la force de soulever le monde, sois béni à jamais pour les torrents de félicité céleste dont tu inondes mon cœur!

Ma chère bien-aimée, je m'arrête, je ne puis continuer; peut-être même, quand je vous reverrai, l'intensité de mon bonheur étouffera-t-elle la voix dans ma gorge, mais au moins mes yeux vous diront que je suis pour l'éternité,

A vous de toute mon âme!

Nota. — Cette lettre peut s'adresser indistinctement à une femme qu'on recherche pour maîtresse ou pour épouse.

Lettre de bonne année à une maitresse

Ma chère amie,

Je viens t'offrir mes vœux de bonne année, souhaiter de tout mon cœur l'accomplissement de tes désirs, et t'assurer en même temps de ma sincère et vive affection. Je sais bien qu'à la rigueur j'aurais pu me dispenser de t'écrire aujourd'hui, et que tu n'aurais pas vu dans mon silence une preuve d'oubli ou d'indifférence, car je suis sûr que tu ne doutes pas de moi; mais peut-être aurais-tu pensé que j'étais malade ou qu'il me serait survenu quelque contre-temps fâcheux, et je ne voudrais pas, pour tout au monde, te mettre dans l'inquiétude. D'autre part, je suis superstitieux, et si, au moment du renouvellement de l'année, je ne te donnais pas un signe évident, un témoignage palpable, irrécusable, que je songe à toi, que ma pensée est plus spécialement avec toi, il me semble que notre affection en serait diminuée. Je suis bien certain que tu vas rire ; mais que veux-tu ? on ne refait pas sa nature, on ne change pas de caractère comme de vêtement.

En attendant l'heureux moment où nous serons réunis, je t'embrasse comme je t'aime, c'est-à-dire de tout mon cœur.

A. Z.

Paris, le 30 décembre 188..

Même sujet

LETTRE MOINS SÉRIEUSE

Ma chère amie,

Je viens t'offrir mes vœux de bonne année, c'est-à-dire te souhaiter la santé, le bonheur, la fortune... eh oui, la fortune ! je ne m'en dédis pas : un oncle d'Amérique peut surgir tout à coup, comme un polichinelle d'une boîte à surprise, et t'inonder de dollars, qu'il te sera facile de changer en belle et bonne monnaie courante, sonnante, trébuchante et ayant cours ; c'est là un fait qui s'est déjà vu et qui se verra certainement encore.

Alors que de rêves carressés depuis longtemps ne réaliseras-tu pas ! quelle vie de fête perpétuelle sera la tienne! Le jour, installée mollement dans un huit-ressorts, ou renfermée, selon la saison, dans une chambre bien capitonnée; le soir, trônant dans un loge à l'Opéra, ou recevant nos amis dans tes châteaux, car tu en auras à la ville et à la campagne. Ce n'est pas ma faute si tu n'en habites pas déjà; je t'en ai construit un grand nombre, malheureusement ils sont tous en Espagne. Espérons que bientôt nous pourrons les transporter sur une terre plus solide, celle de France, par exemple!

Tout à toi de tout cœur,

A. Z.

Paris, le 30 décembre 188..

Nota. — On pourra employer cette lettre et la précédente comme lettres de fête : il n'y aura qu'à modifier une partie de la première ligne.

Lettre pour se plaindre d'indifférence

Non, Jeanne, je le vois clairement aujourd'hui, vous ne m'avez jamais aimé, vous n'avez même jamais eu la moindre inclination pour moi. Tout le monde est accueilli chez vous avec bonté, tout le monde est l'objet de vos prévenances; vous distribuez aux uns et aux autres de douces paroles et de gracieux sourires, et, quand par hasard vos regards s'arrêtent sur moi, c'est d'un air distrait et indifférent qui me glace le cœur !

Vous savez que je vous aime de toutes les forces de mon âme, et vous me faites cruellement souffrir ; vous n'êtes cependant pas méchante : quel est donc le secret de votre conduite? Quand vous m'avez donné jadis des encouragements, à quel mobile obéissiez-vous donc? A la coquetterie, au désœuvrement, à un simple caprice peut-être? Si vous vous êtes fait un jeu de mes sentiments, c'est un jeu barbare sans doute, mais ayez le courage de me l'avouer ; tirez-moi d'une incertitude qui fait mon supplice, et s'il faut renoncer aux rêves que j'ai formés, si vous me signifiez un arrêt défavorable, j'irai loin de vous pour tâcher d'oublier, pour essayer d'arracher de mon cœur une passion qui n'aurait jamais dû y naître.

J'espère que vous ne me refuserez pas un mot d'explication, une parole franche et loyale, qui fera de moi le plus heureux ou

Le plus infortuné des amants.

Réponse à la lettre précédente

Mon ami,

Vous êtes un enfant, et un grand enfant, permettez-moi de vous le dire. Est-il bien possible que vous connaissiez si peu la femme? Comment! vous m'accusez d'accueillir tout le monde favorablement! ce qui devrait vous rassurer excite votre jalousie! Bien plus, vous me reprochez les encouragements que je vous ai donnés jadis! vous vous demandez si je n'obéissais pas alors à la coquetterie, au désœuvrement, à un caprice! En vérité, j'attendais autre chose que cette imputation pour récompense. Je croyais avoir fait tout ce qu'il m'était permis de faire; et, somme toute, que pouvais-je de plus? était-ce à moi de faire des avances? devais-je me jeter à votre tête? Avouez que le procédé aurait été un peu vif!

Allons, un peu moins de fierté! quittez ce ton tragique qui ne vous est pas naturel, gardez votre dignité et votre amour-propre pour une meilleure occasion: actuellement ils ne sont pas de saison. Vous voulez une explication, soit! vous voulez que je rompe le silence, fort bien! mais faites le premier pas; parlez d'abord, je répondrai ensuite; et, s'il faut vous dire toute ma pensée, il y a bien des chances pour que la réponse soit favorable. Est-ce assez clair? et croirez-vous encore que je ne suis plus

Votre amie?

Lettre d'un d'amant jaloux

Ma chère amie,

Je sais que ma lettre te surprendra, et cependant je ne puis me dispenser de te l'écrire, je ne puis m'empêcher de te faire connaître ce que je ressens, ce que je souffre quand je suis loin de toi. Certes, mon bonheur est complet dès que nous sommes ensemble : je m'enivre de ta voix harmonieuse et de ton divin sourire, et il ne faut rien moins que le devoir pour m'arracher de ta présence.

Mais à peine suis-je seul que mon esprit devient inquiet; le doute m'envahit et me torture. J'ai beau me dire qu'une bouche comme la tienne ne saurait être effleurée par le mensonge, que tu es la loyauté et la fidélité mêmes, que tu m'as donné des témoignages indéniables de ton amour, je me dis aussi qu'il est impossible à qui te voit de rester indifférent devant ces charmes infinis qui se dégagent de toute ta personne. Et alors mon imagination me retrace des tableaux bizarres, des scènes fantastiques : il me semble te voir dans les bras d'un autre ; tu murmures à son oreille des paroles d'amour, tu le couvres de caresses, tu lui prodigues les baisers, et moi, forcé d'assister à un pareil spectacle sans pouvoir proférer un cri ni faire un mouvement, je ressens au cœur l'impression que produit la brûlure d'un fer rouge.

Oh! délivre-moi d'un pareil supplice! un mot, je te prie, pour me dire que tu m'aimes toujours, que tu ne m'abandonneras jamais; tu ramèneras le calme dans mon cœur, et je t'adorerai comme on adore la Divinité.

Tout à toi.

Réponse à la lettre précédente

Vous mériteriez, Monsieur, une sévère leçon de ma part pour oser m'écrire une lettre pareille, pour vous permettre de vous laisser aller à ces écarts d'imagination que rien ne justifie, à ces soupçons odieux que tout dans ma conduite devrait au contraire écarter de votre pensée. Repassez dans votre esprit ma manière d'agir à votre égard, et dites-moi, en conscience, si elle a jamais donné prise à l'ombre d'un blâme. N'ai-je pas toujours été pour vous franche et loyale, bonne et dévouée? ne me suis-je pas toujours montrée heureuse d'être avec vous, avec vous seul? Quand un de vos amis s'est cru obligé de m'adresser un compliment plus ou moins banal, m'avez-vous vu l'encourager même par un regard? mes paroles et mon sourire n'étaient-ils pas dictés par la simple politesse, et mes yeux ne vous disaient-ils pas combien me pesait la présence d'un tiers, combien j'aspirais au moment de me retrouver avec vous dans notre cher tête-à-tête?

Je devrais t'intriguer, me montrer coquette, provocante même; au moins je donnerais ainsi un fondement à ta jalousie, tu aurais de justes sujets de plainte. Une autre femme le ferait assurément; mais tu sais que de ce côté-là tu n'as rien à craindre de ma part, et tu en abuses; tu sais que je te pardonnerai l'outrage gratuit que tu me fais avec des insinuations vagues et hors de propos, et, de fait, je te pardonne, car ta jalousie me prouve en quelque sorte l'excès de ton amour.

Toutefois, je t'en prie, et je t'en prie sérieusement, tâche de te corriger ; si jamais tu crois avoir des reproches à me faire, que ta bouche les formule d'une façon nette et précise, je pourrai y répondre; mais, de grâce, chasse de ton cerveau ces chimères qui gâtent notre bonheur, et finiraient peut-être même par le détruire.

Allons ! courage! un petit effort! débarrasse-toi de ce vilain défaut, et tu seras alors à mes yeux

Le plus parfait des amants.

Lettre d'un amant en voyage

Ma chère amie,

Lorsque je t'ai fait mes adieux l'autre jour, lorsque je t'ai embrassée une dernière fois avant de monter dans le train qui devait m'éloigner de toi si rapidement, ce n'a pas été sans une vive émotion, sans un grand serrement de cœur. Toutefois, je te l'avoue, songeant à l'impossibilité où j'étais de différer encore un voyage déjà tant de fois différé, ayant surtout la certitude d'un prochain retour, l'intensité de mes regrets diminua peu à peu, et je me familiarisai avec cette idée d'absence, — si cruelle d'abord à mon cœur, — au point de croire qu'elle me serait supportable.

Eh bien, non! je me trompais, j'étais dans la plus complète erreur. Chaque jour je pense à toi davantage, chaque jour je ressens plus profondément les amertumes de la séparation, et un désir, un âpre désir de te revoir, de t'embrasser, de te redire que je t'aime, s'empare de tout mon être, m'agite et me remue jusqu'au fond des entrailles.

Quoi d'étonnant, d'ailleurs? rien ne me parle de toi dans les villes où je passe; sans doute je vois des femmes jeunes, jolies, ayant la réputation d'être spirituelles; mais elles me laissent froid, elles ne me disent rien aux yeux ni au cœur : nulle part je ne retrouve ta grâce, ton enjouement, ce tour vif d'esprit qui donne tant de charme à ta conversation, tant d'attraits à toute ta personne ! Oh ! sois bien persuadée que je vais déployer une activité fiévreuse pour terminer mes affaires, et que dans quelques jours je reviendrai près de toi pour ne plus te quitter.

Je t'embrasse et t'aime plus que jamais.

Lettre d'adieu annonçant son départ

Mademoiselle,

Je vous écris ces quelques lignes en toute hâte pour vous annoncer mon départ immédiat, impérieusement commandé par de graves raisons de famille ; et croyez bien que je porte cette nouvelle à votre connaissance avec un regret d'autant plus vif, que je suis forcé de vous les taire, et me trouve par conséquent dans l'impossibilité de vous présenter ma justification. Mais vous les connaîtrez plus tard, et je suis sûr que vous excuserez alors l'étrangeté de ma conduite.

Oui, je suis plus à plaindre qu'à blâmer, je n'ai rien à me reprocher, je ne suis pas coupable, je suis victime d'événements qu'il était impossible de conjurer, même de prévoir ; et cependant je vais emporter avec moi un amour qui sera le tourment de ma vie entière. Je ne puis encore me figurer par moments que je ne vous verrai plus, que je n'entendrai plus votre douce voix, que je ne serai plus témoin de ce sourire enchanteur sans cesse présent devant mes yeux ; mais, hélas ! bientôt je suis rappelé à la froide réalité qui ne me permet plus de vous dire que ces tristes mots :

Adieu pour toujours ! ! !

A. Z.

Lettre d'un jeune homme qui va se marier à sa maitresse qu'il quitte

Ma bien chère amie,

Je viens solliciter ton pardon d'avance pour cette lettre fatale que je suis forcé de t'écrire; sois indulgente, je t'en supplie : plains-moi, mais ne m'accuse pas, si je te brise le cœur : l'affection, le respect, l'obéissance que je dois à mes parents, tout m'ordonne de déférer à leur désir, de consentir à un mariage qu'ils ont depuis longtemps préparé pour moi dans le but d'assurer mon avenir.

Que n'ai-je une fortune toute faite ? j'aurais la liberté, l'indépendance, et je pourrais repousser une union vers laquelle m'entraînent seulement le devoir et les convenances, je pourrais suivre le penchant de mon cœur, sacrifier sans hésiter la raison à l'amour! Mais, dans ma position actuelle, opposer un refus à mes parents, ne pas adhérer à leurs projets, et cela, sans motif valable à leurs yeux, ce serait les désespérer, ce serait me montrer mauvais fils ; je suis sûr que tu le comprendras quand se sera apaisée la douleur que te causeront ces lignes, ou du moins quand le temps l'aura adoucie, au point de te permettre la réflexion.

Je n'ajouterai pas un mot à cette lettre, la tristesse emplit trop mon cœur pour que je puisse continuer. Sache seulement que je t'aimerai toujours, que je ne t'oublierai jamais, et si tu es disposée à recevoir les preuves de mon affection, tu verras que je suis sincère, que je souffre autant que tu vas souffrir, et que je puis encore me dire réellement,

Tout à toi.

Lettre pour demander un encouragement

Mademoiselle,

Pardonnez-moi, je vous prie, mon importunité, mais je ne puis m'empêcher de vous faire savoir ce que je souffre, à quel martyre incessant, à quel supplice de toutes les minutes je suis condamné depuis que je ne vous vois plus : car est-ce vous voir que de vous rencontrer chez vous aux heures où vous êtes assiégée par une foule de visiteurs, qui s'attachent à vos pas pour quêter la faveur d'un regard ou mendier l'aumône d'un sourire?

Ah! c'est endurer mille morts que d'entendre ces fades compliments à votre adresse sortir de bouches menteuses, sans qu'il me soit possible de crier bien haut une protestation énergique! J'ai la ressource, me direz-vous, de rester chez moi... Eh bien, non, je ne l'ai pas! une volonté plus forte que la mienne me ramène chaque soir devant votre demeure, et chaque soir je franchis le seuil de votre porte, sachant bien cependant les tortures qu'il me faudra subir!

Oh! rendez-moi, de grâce, ces entretiens secrets, ces doux tête-à-tête qui me procuraient une ivresse si profonde! Voilà quatre jours, quatre mortels jours que vous m'en avez privé! Je n'ai pas cherché à connaître les motifs d'une décision aussi cruelle : je me suis incliné en silence, je vous ai obéi scrupuleusement... trop scrupuleusement peut-être, car le masque de froideur que vous avez surpris sur mon visage, quand je vous ai revue en public, a pu vous faire supposer que ma passion avait diminué. Non! non! il n'en est rien, croyez-le: les obstacles peuvent l'irriter, mais non l'étouffer.

Je vous en conjure, donnez-moi la force, le courage d'attendre le moment — si désiré et si long à venir — où je pourrai proclamer mon amour à la face de tous.

En attendant, laissez-moi me dire plus que jamais,

Votre adorateur passionné.

Réponse à la lettre précédente

Mon Ami,

Je n'ai rien à vous pardonner, vous ne m'importunez pas ; je dirai plus, j'attendais votre lettre, car je sais combien vous souffrez, je sais quelle contrainte vous avez dû vous imposer pour renfermer votre affection dans le fond de votre cœur, pour recouvrir votre visage de ce masque de froideur dont vous me parlez. Mais n'ayez aucune crainte ; sous cette enveloppe glaciale, toute de commande, exigée par les circonstances, je démêle sans difficulté les sentiments qui vous animent.

Courage, ami ! dites-vous bien que si vous souffrez, je souffre aussi. Non ! ce n'est pas de gaieté de cœur que je vous fais subir un supplice dont j'ai ma part ; il le fallait : de graves motifs, qui prendront fin prochainement, je l'espère, et dont je pourrai alors vous mettre à même d'apprécier toute l'importance, me commandaient de prendre cette décision que vous qualifiez de cruelle.

Allons! encore une fois, courage! ayez confiance en moi comme j'ai confiance en vous; songez que nous sommes deux à supporter cette épreuve qui sera la dernière, et que notre amour en sortira plus fort, libre, selon votre désir, de se produire au grand jour, à la face de tous.

Votre amie.

Lettre de reproches

Mademoiselle,

Je ne puis malheureusement plus me faire d'illusion sur vos sentiments à mon égard. Qu'il est déjà loin ce temps où vous m'accordiez ces encouragements dont le tact et la délicatesse doublaient le prix! Aujourd'hui, quand je vous aborde, je cherche en vain à surprendre sur vos lèvres ce sourire qui vous donnait tant de charme, je me demande où est cette généreuse bienveillance avec laquelle vous saviez m'accueillir; vos yeux, vos gestes, vos manières, toute votre personne enfin ne respire plus que froideur, ennui ou indifférence, quand je suis auprès de vous.

A quoi attribuer un tel changement? A ma conduite ? Mais il vous est impossible de formuler le moindre blâme, le plus petit reproche sur mes actes; je ne suis même pas coupable d'une infidélité de pensée! Me direz-vous que votre nouvelle attitude est due à des causes personnelles, à des chagrins de famille, par exemple? Mais alors, comment expliquer cet enjouement, cette aménité, cet esprit si fin et si vif que vous avez montré hier avec M. X?... Non, je le vois, vous ne m'avez jamais aimé; la bienveillance que vous m'avez témoignée jadis n'était que caprice de votre part.

Je m'arrête; j'ajouterai simplement que vous regretterez peut-être un jour d'avoir trahi celui qui, malgré tout, se dit encore

Votre sincère adorateur.

A. Z.

Lettre de rupture

Mademoiselle,

Je n'ai pas l'intention de vous faire entendre des récriminations: elles seraient indignes d'un honnête homme et à tout le moins stériles. En effet, à quoi bon comparer le présent au passé? à quoi bon me plaindre de notre situation actuelle? elle n'est pas le résultat voulu, prémédité, de la conduite de l'un ou de l'autre; elle est l'œuvre inconsciente, naturelle, de nos caractères : étant opposés, ils devaient fatalement se développer avec le temps en sens contraire.

Toutefois, il est profondément pénible de s'apercevoir que là où l'on a espéré rencontrer communauté de goûts, de sentiments, de manière de voir, on n'a trouvé qu'antipathie, divergence de vues et froideur. Aussi je crois faire acte de loyauté et de franchise en vous déclarant que j'ai résolu de mettre fin à une situation qu'il serait dangereux de prolonger davantage: l'amour pourrait se changer en haine, l'indifférence en répulsion.

Si nous nous sommes découvert de nombreux défauts, nous nous reconnaissons encore quelques qualités; si la tendresse a diminué, l'estime est restée la même. Prenons garde ! un simple fossé nous sépare aujourd'hui, n'attendons pas qu'il devienne un abîme. Nous étions de bonne foi quand nous nous sommes juré fidélité éternelle : nous nous sommes trompés; oublions nos serments puisque nous ne pouvons les tenir : le temps qui efface beaucoup de choses effacera les dissentiments qui nous divisent aujourd'hui, pour ne laisser subsister que le souvenir des jours heureux que nous avons passés ensemble.

Je suis, avec un profond respect,

Mademoiselle,

Votre très dévoué serviteur,

Lettre de raccommodement

Mademoiselle,

Je prends la plume aujourd'hui pour vous faire l'aveu de ma faute, vous en exprimer un sincère et profond repentir et vous demander l'oubli du passé. Il me serait facile de plaider les circonstances atténuantes, de vous dire que si j'ai été coupable c'est par excès d'amour, et peut-être, en y réfléchissant, arriveriez-vous à en avoir la conviction. Mais je n'influencerai pas votre volonté, je ne pèserai pas sur la détermination que vous jugerez devoir prendre : loin de réclamer mon pardon comme un droit légitime, je l'implore comme une immense faveur : aussi ferai-je simplement appel à la bonté de votre cœur, à votre charité, à votre pitié...

Oui, votre pitié vous ne me la refuserez pas quand vous saurez la vie que je mène depuis que je suis privé de vous voir. Je vais, je viens, j'erre comme si j'étais dans l'ombre ; la volonté n'a plus de part aux mouvements que j'exécute ; ma pensée est même suspendue : elle subit des temps d'arrêt au bout desquels je sens plus vivement mon malheur.

Vous êtes la flamme qui réchauffait mon cœur, vous êtes la vie qui animait tout mon être : m'abandonnerez-vous plus longtemps? J'ai confiance qu'il n'en sera pas ainsi, et, en attendant votre généreux pardon, je vous demande la permission de me dire plus que jamais,

Votre fidèle et sincère adorateur,

A. Z.

Lettre d'une fille séduite au séducteur pour qu'il donne son nom à l'enfant

Monsieur,

Pardonnez-moi si je vous importune, ce sera la dernière fois. J'étais résolue à ne plus vous donner signe de vie, j'avais la ferme intention de passer le reste de mes jours ignorée de vous, comme si je n'avais jamais tenu la moindre place dans votre existence : mon père en a décidé autrement, il veut que je vous écrive.

Mais n'ayez aucune inquiétude; je ne viens pas troubler votre repos, attenter à votre liberté ; non ! faites ce que bon vous semblera ; courez à de nouvelles amours, mariez-vous s'il vous plaît, je n'y trouve rien à redire. Je ne me plains même pas de votre abandon au bout de quelques mois, quoique vous m'ayez juré un amour éternel; j'ai oublié mes devoirs, j'en supporte les conséquences. Mais ce nom que vous avez refusé de m'accorder, je vous demande de le donner à l'enfant que j'ai mis au monde il y a quinze jours; je vous le demande avec instance, au nom de mon vieux père dont toute la vie n'a été qu'honneur et probité, au nom de ma sainte mère que j'ai si mal récompensée de ses bontés pour moi.

Marie.

CHAPITRE II

AMOUR LÉGITIME

Demande à un père de se présenter chez lui pour faire la cour à sa fille

Monsieur,

Vous n'ignorez pas les liens d'amitié qui unissent si étroitement mademoiselle votre fille à ma sœur : toutes deux n'aspirent en quelque sorte qu'au moment d'être ensemble. C'est vous dire par là même que j'ai eu souvent occasion de la voir, d'apprécier sa douceur, de juger de son savoir dissimulé sous une admirable modestie, en un mot, de distinguer les rares qualités dont elle est si heureusement douée.

Mais ce n'est pas impunément qu'elle a répandu tant de charme et tant d'amabilité autour d'elle : je n'ai pu y demeurer insensible, et aujourd'hui mon plus vif désir serait de lui voir partager les sentiments qu'elle m'inspire.

Toutefois je puis vous assurer qu'elle n'a jamais entendu le moindre aveu sortir de ma bouche : je connais trop ce que m'imposent l'honneur et les convenances pour ne pas solliciter d'abord votre consentement. Je n'ai rien à vous dire de ma famille, vous la connaissez ; vous savez que mes moyens d'existence sont suffisants pour parer à toute éventualité, et, quant à mes mœurs, je défie que l'enquête la plus sévère ne les trouve irréprochables.

J'attends donc que vous vouliez bien me permettre de me présenter chez vous pour faire la cour à mademoiselle Eugénie, et lui déclarer que je forme les vœux les plus ardents pour lui voir accepter mon cœur et ma main.

Dans l'espoir que vous accueillerez favorablement ma demande, je vous prie d'agréer,

Monsieur.
L'hommage de mon profond respect.

Réponse affirmative à la lettre précédente

Monsieur,

Croyez bien que je n'ai pas besoin de me livrer à la moindre enquête sur votre compte ; je sais depuis longtemps que vous êtes le digne fils de personnes que j'estime, et avec lesquelles il me sera doux de former de nouveaux liens d'amitié. Au reste, si j'avais jamais eu quelques doutes sur la noblesse de votre caractère, la manière dont vous venez d'agir les aurait dissipés : elle me prouve qu'à vos yeux l'honneur et la délicatesse sont des principes sincères, et non pas de vains mots.

Je vous accorde donc avec empressement l'autorisation que vous me demandez, persuadé que je ne puis mettre entre de meilleures mains le sort de ma fille.

J'ai l'honneur de vous saluer avec une parfaite considération.

Réponse négative à la même lettre

Monsieur,

Soyez persuadé que j'ai été très sensible à la délicatesse de votre procédé ; mais pourtant je me vois forcé, à mon grand regret, de décliner votre honorable proposition. Ma fille est sortie de pension depuis peu, et ni sa mère ni moi ne songeons encore à l'établir : nous désirons que son jugement soit plus mûr, qu'elle ne fasse pas à la légère un acte aussi sérieux que le mariage ; et probablement à cette heure serait-elle incapable de comprendre toute l'importance des devoirs qu'elle aurait à remplir.

Veuillez accepter, Monsieur,
L'assurance de ma parfaite considération.

Lettre à un père pour demander sa fille en mariage

Monsieur,

La profonde impression que j'ai éprouvée l'année dernière quand je me suis rencontré, à la soirée de Monsieur X., avec Mademoiselle votre fille, n'a fait que grandir depuis lors : son souvenir me poursuit sans cesse, et je serais véritablement malheureux si j'étais condamné à vivre plus longtemps séparé d'elle; aussi je viens solliciter de votre bonté une grande faveur, je viens vous prier de m'accorder sa main.

Il est inutile que je vous renseigne sur ma position, vous la connaissez; vous savez que mon commerce est dans un état prospère, vous savez que ma conduite n'a jamais donné lieu à aucun reproche, que le censeur le plus austère n'y trouverait pas un sujet de blâme. C'est donc avec la certitude de faire le bonheur de Mademoiselle Eugénie que je vous prie de me confier son sort. Je n'aurai pas la présomption de vous dire que mon affection est partagée, mais je puis du moins vous assurer que mes sentiments ne lui ont pas déplu, puisqu'elle m'a permis de vous écrire.

Veuillez agréer,

Monsieur,

L'hommage de mon profond respect.

Réponse affirmative à la lettre précédente

Monsieur,

J'ai reçu avec plaisir la nouvelle de votre proposition, et je vous répondrais tout de suite affirmativement, si j'avais consulté ma fille : comme elle est la plus intéressée dans cette affaire, c'est elle qui déterminera en dernier ressort. Toutefois vous pouvez espérer du moment qu'elle vous a permis de m'écrire : c'est une preuve qu'elle sera flattée d'une pareille demande, venant de la part d'une homme qui jouit d'une réputation honorable et de l'estime de tout le monde.

Mes affaires exigent en ce moment ma présence continuelle à la maison : c'est vous dire que vous serez sûr de m'y trouver quand il vous plaira de venir, et nous prendrons alors un arrangement définitif.

J'ai l'honneur de vous saluer avec une parfaite considération.

Réponse négative à la lettre précédente

Monsieur,

Des raisons intimes, des raisons de famille, sur lesquelles je suis actuellement obligé de garder le silence, m'empêchent d'accueillir favorablement votre proposition. Je connaissais depuis peu l'impression que vous avez produite sur ma fille, mais je vous sais trop loyal, trop homme d'honneur pour que vous songiez à en profiter, pour que vous cherchiez à l'entraîner dans une voie qui lui serait funeste.

C'est dans cette conviction que

J'ai l'honneur de vous saluer avec considération.

Demande en mariage d'une veuve ou d'une femme ne dépendant que d'elle-même

Madame,

Depuis les relations amicales qui se sont établies entre nous, vous avez dû deviner les sentiments nouveaux et profonds qui insensiblement se sont emparés de moi, et qui chaque jour m'attachent à vous davantage. En effet, comment rester insensible en voyant cette douceur, cette égalité merveilleuse de caractère? comment résister à ce charme qui émane de toute votre personne? Aujourd'hui je sens plus que jamais combien vous êtes nécessaire à ma félicité, et je viens vous supplier de ne pas repousser l'offre que je vous fais de ma main. Vous me rendrez ainsi le plus heureux des hommes, car il me sera permis alors de réaliser mon suprême désir, celui de consacrer ma vie à votre bonheur.

J'attends avec impatience que vous prononciez sur le sort de celui qui ose se dire

Votre sincère adorateur.

Lettre d'un fils qui demande à ses parents la permission de se marier

Mon cher père, (ou Ma chère mère,)

L'année dernière mes anciens patrons m'ont présenté à une famille chez qui je vais généralement passer depuis lors les soirées de mes dimanches. J'ai rencontré là une jeune personne de dix-huit ans, dont les grâces modestes et la douceur du caractère ont fait sur moi une telle impression, que je suis décidé à unir mon sort au sien, si vous voulez bien le permettre. J'ai appris en outre qu'elle aura une dot de dix mille francs, circonstance très avantageuse, qui permettrait à mon commerce de prendre une grande extension, qui ferait tout au moins doubler le chiffre de mes affaires.

Si vous m'autorisez à conclure ce mariage, je vous prierais de m'envoyer non seulement votre consentement qui doit être sur papier timbré et légalisé par le maire de votre commune, mais encore mon acte de naissance et un certificat constatant ma libération du service militaire.

Veuillez agréer, mon cher père,
L'assurance de ma respectueuse affection

Lettre pour informer les parents qu'en cas de refus de leur part de donner leur consentement on fera les sommations respectueuses.

Mes chers parents,

Je crois avoir fait mon devoir, avoir agi en fils respectueux, quand je vous ai fait part du dessein que j'avais formé d'épouser Mademoiselle X.

Puis-je vous demander pourquoi vous gardez le silence malgré les lettres déjà nombreuses que je vous ai envoyées à ce sujet? Est-il vrai que ce mariage vous déplaise parce que la jeune fille n'a pas de fortune? Mais je suis jeune, courageux, et, avec une compagne qui a été élevée dans des habitudes d'ordre et d'économie, je ne puis manquer de réussir dans le commerce que j'ai entrepris.

Je vous supplie encore une fois, mes chers parents, de m'accorder votre consentement, de céder à mes instances, de revenir de vos injustes préventions, sinon vous me mettriez dans la dure nécessité de recourir aux moyens que la loi met à ma disposition.

Dans l'espoir que vous exaucerez ma prière, daignez agréer mes sentiments de respectueuse affection.

Lettre de rupture

Monsieur,

Quand je vous ai accordé l'autorisation de venir librement à la maison, j'espérais que ma fille, appréciant vos qualités à mesure qu'elle vous connaîtrait davantage, serait heureuse d'unir votre sort au sien. Il n'en est malheureusement rien; elle manifeste une antipathie croissante pour le mariage, ce qui me force bien à regret, d'abandonner le dessein que j'avais formé de vous avoir pour gendre. Je viens donc vous prier de suspendre vos visites, qui désormais seraient pénibles pour tout le monde, pour vous comme pour nous.

Croyez bien que je m'associe d'avance à la peine que va vous causer cette lettre, et veuillez agréer mes salutations amicales.

Réponse à la lettre précédente

Monsieur,

Déjà depuis quelque temps je ne pouvais m'empêcher de voir que Mademoiselle votre fille accueillait mes assiduités avec froideur, et cependant je cherchais à me bercer d'illusions, ne voulant pas envisager le moment cruel où il me faudrait arriver à une rupture définitive.

Ce moment est venu, vous me l'avez signifié, vous m'avez enlevé toute espérance... Eh bien, non ! j'espère encore: peut-être le temps modifiera-t-il l'opinion de Mademoiselle votre fille, peut-être la fera-t-il revenir de préventions mal fondées. Si jamais ce bonheur arrive, croyez que je retournerai chez vous avec le plus grand empressement pour lui offrir de nouveau mon cœur et ma main.

En attendant, je vous remercie bien vivement de votre sympathie, et vous prie d'agréer

L'assurance de mon profond respect.

Lettre de rupture motivée sur le trop peu de ressources pour se marier

Mademoiselle,

Vous savez de quelle joie vous avez rempli mon cœur quand vous m'avez laissé espérer que je deviendrais un jour votre époux; ce fut là un de ces moments qui font époque dans la vie, qu'il est impossible d'oublier, quelle que soit la longueur de la carrière qu'on est appelé à parcourir. Eh bien ! ces transports de bonheur, ces félicités célestes dont je m'enivrais déjà en imagination, j'ai la douleur de vous apprendre qu'il me faut y renoncer : mon père vient de voir les trois quarts de sa fortune engloutis dans la faillite d'un banquier de Paris; quant à moi, vous ne l'ignorez pas, je débute dans une administration qui assure à ses employés l'honneur et l'estime, mais nullement la fortune.

Je me vois donc forcé de reprendre ma parole et de vous rendre la vôtre, car, en associant nos destinées, nous ne ferions que végéter dans la misère, et la misère tue l'amour.

Je suis sûr que vous reconnaîtrez la justesse de mes paroles, et que, loin de m'en vouloir, vous n'aurez qu'un sentiment de profonde commisération pour celui qui jadis était si fier de se dire

Votre sincère adorateur,

A. Z.

Lettre pour annoncer qu'un mariage projeté ne peut avoir lieu

Mon bien cher ami,

Je ne doute pas que vous ne soyez dans une vive inquiétude, car j'aurais déjà dû vous écrire : je n'ai encore pu m'y résoudre ; depuis une semaine je prends la plume chaque jour, et chaque jour les forces m'abandonnent au moment où il me faut vous apprendre la fatale nouvelle. Désormais plus d'espérance ! les rêves dont nous nous étions plu à nous bercer ne seront que des rêves, le projet que nous avions formé d'être l'un à l'autre ne deviendra pas une réalité !

J'ai mis tout en œuvre auprès de mon père: pleurs, prières, supplications; il est demeuré inflexible. Mon pauvre ami, je vous plains d'avance, car, à en juger par les souffrances que j'endure, vous allez aussi, au reçu de ma lettre, cruellement souffrir!

Pourtant, quelque terrible que soit le coup qui nous frappe, je dois obéissance à celui qui m'a donné le jour; aussi, par pitié, par grâce, ne cherchez pas à me revoir; vous m'enlèveriez le courage nécessaire à l'accomplissement de mon devoir.

Adieu, cher bien-aimé, vous vivrez toujours dans le souvenir de celle qui fut

Votre Émilie.

Déclaration à une jeune fille par un homme d'un certain âge

Mademoiselle,

Je ne me fais guère d'illusions sur le sort qui attend ma demande, je n'ignore pas que j'ai peu de chances de vous la voir accueillir favorablement, et cependant, quelque faible que soit mon espoir, je ne puis m'empêcher de prendre la plume aujourd'hui pour vous faire connaître le dessein que j'ai formé, la résolution que j'ai prise. Mais c'est qu'aussi chaque jour qui passe me fait sentir plus vivement quel serait mon bonheur si vous consentiez à unir votre sort au mien. Je puis vous jurer que vous trouveriez en moi un amant passionné, un ami fidèle, un guide sûr, un soutien et un protecteur qui ne vous feraient jamais défaut.

Il me semble, depuis que je vous connais, que je suis revenu à mes beaux jours d'autrefois, qu'un sang nouveau coule dans mes veines et fait battre plus vite mon cœur. Toutefois, je ne tomberai pas dans les exagérations de la jeunesse, je ne porterai pas aux nues votre beauté et vos charmes qui sont pourtant d'une rareté exceptionnelle, je vous dirai simplement que vous êtes à mes yeux la personne la plus estimable, et, à ce titre, je serais heureux de vous donner mon nom et mes biens. N'ayant pas d'héritiers directs, je suis libre de ma fortune, et je ne pourrais en faire un meilleur usage.

Soyez assez bonne, je vous prie, pour me dire si le rêve que je fais depuis longtemps deviendra jamais une réalité.

Je suis, avec un profond respect,

Mademoiselle,

Le plus dévoué et le plus sincère de vos adorateurs.

Réponse favorable à la déclaration précédente

Monsieur,

Vous ne serez sans doute pas étonné du retard que j'ai mis à vous faire connaître ma réponse; votre honorable proposition demandait de sérieuses réflexions de ma part, et je vous avoue avoir hésité longtemps avant de savoir si je la prendrais en considération. Deux points principaux m'empêchaient surtout de me prononcer tout de suite d'une façon irrévocable : en premier lieu, l'offre de votre fortune qui, me disais-je, si je l'accepte, ne manquera pas de me faire accuser de cupidité par l'opinion publique; puis, la disproportion de nos âges m'a donné lieu de craindre tout d'abord que nos goûts, nos idées, nos sentiments, ne fussent pas les mêmes, et qu'avec le temps il ne se produisît entre nous une antipathie insurmontable, ce dont j'éprouverais les plus vifs regrets, plus encore pour vous que pour moi.

J'ai fini par triompher de mes appréhensions; sur le premier point, je me suis dit qu'il était impossible de contenter tout le monde : aussi me suffit-il de savoir que vous n'avez pas d'héritiers directs à qui je porterais préjudice. D'autre part, la franchise de vos sentiments et la loyauté de votre caractère me sont une garantie pour l'avenir, et je suis persuadée que la profonde estime dans laquelle je vous ai tenu jusqu'à ce jour ne pourra que s'accroître.

C'est dans cette conviction que j'accepte votre main et vous prie de me croire

Votre très humble servante.

Déclaration d'un jeune homme à une veuve

Madame,

Le respect de la douleur où vous a plongé la perte d'un époux estimable à tant de titres m'a seul fait différer jusqu'à aujourd'hui de vous entretenir de mes sentiments. Mais maintenant que cette douleur des premiers instants a changé de caractère, qu'elle s'est adoucie avec l'aide du temps, je viens vous proposer d'associer nos destinées, je viens vous prier d'accepter mon nom. C'est celui d'un honnête homme, d'un homme qui a su apprécier depuis longtemps vos rares qualités, et dont l'unique ambition est de contribuer à votre bonheur.

Assurément je n'ai pas la prétention de vous faire oublier celui que vous avez tant pleuré, que vous pleurez encore; je sais que son souvenir occupera toujours votre pensée, et, d'ailleurs, je suis le premier à reconnaître qu'il en était digne à tous égards. Vous ne trouverez pas chez moi ces dons brillants de l'esprit qui donnaient tant de charme à sa conversation; je ne possède pas cette science pour ainsi dire universelle qui en faisait presque un homme à part, simple, naturel, s'ignorant lui-même, sachant plaire sans le rechercher, sachant intéresser sans être pédant. Mais ce que je puis vous promettre hardiment, sans crainte que les faits viennent jamais me démentir, c'est un désir incessant, une volonté inébranlable d'embellir le reste de vos jours, de vous faire un sort enviable et envié de tous. Vous n'aurez pas la même existence que jadis, mais vous en aurez l'équivalent, car ce que vous aurez perdu dans votre premier mari du côté de l'esprit, vous le retrouverez dans le second du côté du cœur.

En attendant qu'un mot de votre main vienne m'apprendre votre décision,

Je me déclare hautement,
Madame,
Votre amant soumis et respectueux.

Déclaration d'un veuf à une jeune fille

Mademoiselle,

Vous avez connu la femme que j'ai perdue il y a deux ans, vous étiez son amie, et vous avez pu juger par vous-même quelles brillantes et solides qualités ornaient chez elle l'esprit et le cœur. Longtemps j'ai cru cette perte irréparable; longtemps je me suis renfermé dans l'isolement, tout entier au souvenir de celle qui avait su pendant plusieurs années doubler pour moi en quelque sorte le prix de l'existence. Mais peu à peu ma douleur a revêtu un caractère moins aigu : elle s'est non pas atténuée, mais transformée, et mon horizon a pris une teinte moins sombre.

Je conviens que le temps qui renouvelle tout a contribué à ce changement; mais vous, Mademoiselle, vous pouvez en revendiquer une bonne part. Vous ne m'avez pas abandonné aux heures difficiles; vous vous êtes montrée pour moi charitable et généreuse; en un mot, vous avez reporté sur le mari une part de cette affection que vous aviez vouée à la femme, à celle que nous avons pleuré tous deux, et dont la mémoire nous est également chère. Chaque jour me fait de plus en plus retrouver en vous son image; chaque jour vous prenez une plus grande place dans mon existence; aussi je viens vous prier d'unir votre sort au mien, d'accepter l'offre de mon cœur et de ma main. Vos bontés passées m'ont rendu assez hardi pour me déclarer; j'ose espérer que vous voudrez bien y mettre le comble en exauçant les vœux que je forme pour votre bonheur et pour le mien.

Daignez agréer,

Mademoiselle,

L'hommage d'une passion sincère et respectueuse.

Lettre d'une jeune fille à ses parents pour les supplier de ne pas la forcer à épouser la personne qu'ils lui présentent, et qu'elle n'aime pas.

Mes chers parents,

Vous savez avec quel soin jaloux j'ai tâché en tout temps de vous épargner jusqu'à l'ombre d'un chagrin, d'une contrariété, même d'un simple déplaisir. Si je vous le rappelle, ce n'est assurément pas pour m'en faire un mérite : j'accomplissais un devoir, et avec d'autant plus de bonheur que j'ai pour vous l'amour le plus sincère et le plus profond. Non, j'invoque un tel souvenir devant vous, pour que vous compreniez combien il m'en coûte de vous faire de la peine aujourd'hui : j'ai reculé tant que j'ai pu le moment de vous écrire, mais maintenant je ne puis différer davantage : mon silence doit au moins vous étonner, s'il ne vous inquiète pas encore.

Sachant que vous tenez M. X. en grande considération, que vous le regardez même déjà comme un gendre, je me suis conformé à vos recommandations, je l'ai accueilli avec tous les égards que peut montrer une jeune fille sans se départir de la réserve que lui imposent les convenances. J'ai vite reconnu qu'il possède de nombreuses qualités, et j'ai compris, à voir chez lui cette vivacité d'esprit peu commune, cette rare aisance de manières, et, par-dessus tout, cette bonne humeur, cet entrain communicatif, qu'il arrive rapidement à conquérir l'estime et la sympathie de tous ceux qui l'approchent : moi-même j'ai partagé, j'ai subi l'impression générale. Mais si j'ai été séduite par cette réunion d'avantages, si mon esprit et ma raison m'ont en quelque sorte attirée vers l'homme du monde, mon cœur est resté froid devant le prétendant; je ne puis entendre un compliment à mon adresse sortir de sa bouche, sans éprouver un sentiment de gêne qui va croissant tous les jours. J'ai beau me dire que je devrais être flattée de sa recherche, que sa position est bien supérieure à la mienne, que ses relations et son savoir lui assurent une situation brillante dont plus d'une femme serait envieuse, je sens l'antipathie étouffer en moi la voix de la raison.

Pardonnez-moi, mes chers parents, si je vous supplie de ne pas insister pour que cette alliance se conclue ; je sais que je vous demande là un grand sacrifice, car il vous en coûtera de renoncer aux rêves que vous avez formés; mais j'espère cependant que vous exaucerez ma prière, car je sais aussi que vous aimez votre fille, que vous ne voudriez pas la voir à jamais malheureuse. Et alors, libre de mon cœur qui est tout à vous, je pourrai vous consacrer tous mes soins, vous entourer de toute mon affection, et vous faire oublier par un dévouement incessant le sujet de peine que je vous donne aujourd'hui.

Votre fille qui vous aime tendrement.

Lettre d'une demoiselle déclarant que son cœur n'est pas libre

Monsieur,

Tout en faisant la part de certaines exagérations de sentiments dont votre sexe a assez l'habitude, d'après ce que j'ai entendu dire, votre lettre me paraît tellement sincère, et me révèle une nature à la fois si droite et si généreuse, que je me fais un devoir d'y répondre immédiatement. Votre proposition est de celles qui honorent et flattent une femme, et si la destinée nous avait rapprochés plus tôt, si elle nous avait mis à même de nous voir et de nous connaître il y a quelques années, nul doute que je n'eusse accepté l'offre de votre main. Mais aujourd'hui je ne suis plus dans les mêmes conditions : mon cœur n'est pas libre, je ne m'appartiens plus; depuis six mois j'ai pris un engagement qui vient d'être ratifié par mes parents et par ceux de mon futur; mon mariage est décidé : je suis donc forcée de répondre par un refus à votre honorable proposition.

Après les explications que je viens de vous donner, j'espère que vous ne considérerez pas ma décision comme blessante : tout au plus vous sera-t-elle pénible. Et encore ai-je peine à croire qu'elle vous cause un chagrin sérieux ou de quelque durée, car avec les avantages dont vous êtes doué, vous trouverez facilement une personne qui me fera oublier d'autant plus vite que ses qualités seront plus grandes.

Veuillez croire, Monsieur, à la profonde estime de celle qui se dit

Votre très humble servante.

Lettre à une orpheline privée de tout appui

Mademoiselle,

Je ne puis résister plus longtemps au désir de vous apprendre les sentiments qu'a fait naître en moi votre noble conduite; je ne puis vous cacher combien j'admire ce courage, cette vaillance que vous déployez avec d'autant plus d'énergie que vous êtes plus isolée, cette généreuse ardeur que, sans ressources, sans aide ni soutien, vous apportez dans la lutte qu'il vous faut soutenir chaque jour contre les difficultés de l'existence. Certes, une nature fortement trempée comme la vôtre est moins exposée que toute autre à subir des moments de défaillance, de découragement; d'ailleurs, se produiraient-ils, je suis convaincu que ce ne serait qu'à de rares et courts intervalles. Mais si votre volonté n'est pas sujette à faiblir, il n'en est pas de même de vos forces : elles peuvent vous trahir, vous abandonner; et alors je frémis en songeant à ce que vous deviendriez, n'ayant ni secours, ni appui, ni protection d'aucune sorte.

Permettez-moi, Mademoiselle, de vous offrir dans ma personne ce protecteur qui vous manque, cet appui qui vous fait défaut, ce secours dont vous avez besoin ; mon nom est celui d'un honnête homme, et ma position, sans être brillante, me donnerait les moyens de vous procurer ce repos auquel vous avez droit après tant de travail et d'abnégation.

En acceptant ma proposition, vous réaliserez un rêve que j'ai formé depuis longtemps, vous contribuerez à mon bonheur en me permettant d'assurer le vôtre. Oui, assurer votre bonheur, c'est-à-dire vous faire une existence facile et sans secousses, vous entourer de soins incessants, m'appliquer à deviner vos désirs, voilà le but auquel je brûle d'atteindre. Je vous promets d'y employer tout ce que j'ai de forces, de volonté et d'énergie : l'estime, la sympathie et, j'ose le dire, la profonde affection que vous avez su m'inspirer, doivent vous garantir la sincérité de ma promesse.

J'attends avec anxiété votre réponse, devant laquelle je suis prêt à m'incliner, et je vous prie d'agréer

Mes hommages respectueux.

Réponse favorable à la lettre précédente

Monsieur,

Il m'est bien difficile, pour ne pas dire impossible, de vous exprimer les émotions diverses qu'a excitées en moi la lecture de votre lettre. J'ai voulu d'abord douter de la réalité, et si j'ai pu me convaincre que je ne rêvais pas, ce n'est qu'après avoir relu bien souvent ces lignes où se dissimulent en vain tant de délicatesse, tant de générosité.

Ne croyez pas que j'aie suspecté un instant votre bonne foi, ne voyez rien de blessant pour vous dans ma surprise de la première heure : il est si naturel qu'une pauvre fille comme moi s'étonne d'avoir produit assez d'impression pour recevoir une proposition aussi honorable, aussi flatteuse que la vôtre!

Toutefois, je dois vous l'avouer, je ne mérite pas les éloges que vous m'adressez ; j'ignore si je suis courageuse et vaillante, comme vous vous plaisez à le dire, mais je sais bien que j'ai des moments de tristesse, des heures où l'isolement me pèse, où je regrette de n'avoir pas un ami, un protecteur. Aussi votre offre répond-elle à mes pensées les plus secrètes, aux désirs les plus intimes de mon cœur : je l'accepte donc avec reconnaissance.

Peut-être ai-je tort d'être aussi franche avec vous, de me décider aussi vite dans une question de ce genre; mais votre lettre elle-même respire tant de franchise que je me croirais ingrate de tarder plus longtemps à vous parler sans détour.

A vous, Monsieur, il appartient maintenant de presser les événements, de faire les démarches nécessaires; j'en attends le résultat avec confiance, et suis heureuse de me dire

Votre dévouée servante.

Lettre d'un militaire à son arrivée au régiment

Ma chère Jeanne,

Me voici enfin arrivé, enrégimenté et caserné, après huit jours d'étapes fatigantes et ennuyeuses, faites par un temps gris et humide, au milieu des rires et des chansons de mes camarades qui s'étonnaient de ne pas me voir participer à leur gaieté bruyante Peut-être prendrai-je plus tard leur caractère insouciant, peut-être me ferai-je à cette nouvelle existence que je dois mener pendant cinq ans ; mais pour le moment, j'ai le cœur serré, je ne puis penser sans regret à notre pays, à nos parents, et à toi, à toi surtout qui dois être un jour ma petite femme, et dont je viens d'être séparé par une loi cruelle... Mais non! le chagrin me fait aller trop loin, je me dois d'abord à ma patrie; puis, libre alors, je pourrai me consacrer à toi tout entier.

Mais toi, ma chère Jeanne, m'attendras-tu durant ces cinq années qui me paraîtront d'autant plus longues que mon amour pour toi est plus profond? résisteras-tu à des offres de mariage qui ne manqueront pas de se produire? penseras-tu toujours à ton pauvre Pierre?

Je n'insiste pas, je ne veux pas douter de toi, de tes serments mille fois jurés avant mon départ; je t'en prie, envoie-moi quelques lignes pour me répéter que tu ne m'oublieras pas, que je tiendrai toujours dans ton cœur une aussi grande place que toi dans le mien, et que je pourrai plus tard — ce qui est mon vœu suprême — me dire enfin

Ton mari.

Réponse à la lettre précédente

Mon cher Pierre,

Si, pour te donner du courage, il ne faut que te renouveler mes déclarations, t'assurer encore que je ne t'oublierai pas, que j'attendrai ton retour, sinon patiemment, du moins avec constance, je suis prête à le faire et le fais de grand cœur : tu peux compter sur moi, je ne faillirai pas à mes serments.

Ne te mets pas chimères en tête : continue comme par le passé à m'accorder ta confiance, j'en serai toujours digne. Que j'aie à subir des offres de mariage pendant ton absence, c'est possible ; mais que je me laisse éblouir par des propositions, quelque brillantes qu'elles soient, que je me laisse aller à y prêter une oreille complaisante, c'est une tout autre affaire.

Je sais bien que mon père se plaît à faire de magnifiques rêves à mon sujet ; et, si je l'avais écouté, peut-être à l'heure qu'il est serais-je mariée à quelque gros sac d'écus; mais s'il revient à la charge devant mes refus obstinés, il ne songe pas à m'imposer sa volonté; d'ailleurs y songerait-il, ma mère a assez d'influence sur lui pour l'empêcher de persister dans une voie pareille.

Je te le répète encore, je ne donnerai jamais ma

main sans mon cœur; c'est te dire que dans cinq ans je serai

Ta petite femme.

Lettre à une fiancée pour le jour de l'an

Ma bien chère Louise,

Le renouvellement de l'année approche, et, avec lui, le moment où vous allez recevoir de toutes parts des compliments et des souhaits de bonheur. Les uns se croiront tenus par politesse de vous débiter quelques banalités, d'autres, — ceux qui vous ont approché, et qui, par conséquent, ont pu apprécier vos mérites et vos charmes, — d'autres, dis-je, experts dans l'art de bien dire, sauront donner à leurs paroles une certaine éloquence; mais aucune voix, soyez-en bien convaincue, ne sera plus sincère que la mienne, et c'est avec une vive impatience que j'attends le jour où il me sera permis de vous prouver par des actes la profonde affection que je vous ai vouée.

Qu'il est encore loin ce jour tant désiré où nous serons unis par les liens indissolubles du mariage! trois mois nous en séparent encore, — trois siècles de félicité sans mélange perdus pour nous! En vérité, les parents ne se doutent pas qu'il y a une réelle cruauté à imposer à leurs enfants des délais aussi prolongés!

Vous recevrez en même temps que ma lettre un objet de parure que je mets au chemin de fer à l'adresse de votre père, pour qu'il vous le remette; c'est un cadeau, je le sais, bien indigne de vous, et cependant je suis heureux de vous l'offrir, car vous ne pourrez le voir sans que votre pensée se reporte aussitôt vers celui qui a juré de consacrer sa vie à votre bonheur, et qui, en devenant votre époux, restera toujours

Votre amant passionné.

Lettre à une fiancée pour sa fête

Ma chère Isabelle,

Dans quelques semaines, quand sera arrivé le terme fixé par nos parents pour notre union, il dépendra de moi de vous assurer une existence douce et facile, et cette tâche qui m'incombera désormais à moi seul, vous ne m'y verrez jamais faillir; d'ailleurs elle me sera si agréable que je n'aurai aucun mérite à m'en acquitter. Que ne puis-je dès aujourd'hui y consacrer tous mes soins, tous mes instants, toutes mes forces! Mais non! il faut attendre, attendre toujours! il faut actuellement que je me contente de former des vœux platoniques pour votre bonheur! Si encore ils étaient exaucés en raison de la ferveur avec laquelle je les forme, je pourrais prendre patience plus volontiers, car alors, soyez-en assurée, ils passeraient promptement à l'état de réalité.

Dans l'impossibilité où je suis de vous voir aujourd'hui, et de vous exprimer tous mes sentiments à l'occasion de votre fête, je vous envoie un bouquet qui vous dira mieux que je ne saurais vous l'écrire, la tendresse, le dévouement, l'affection grandissante de celui qui n'a plus qu'un but, qu'une pensée, qu'une aspiration suprême, celle de toucher au moment béni où il lui sera enfin permis de se nommer

Votre époux.

CHAPITRE III

LETTRES D'ÉCRIVAINS CÉLÈBRES

Le marquis de Villarceaux à Ninon de Lenclos

A Grenoble, ce 8 août 1650.

Vos lettres m'enchantent, ma Ninon ; mais cette foule empressée auprès de vous me désespère. Ne m'aviez-vous pas promis de vivre plus retirée ? L'espérance trompée est le plus grand des maux. Votre goût pour le monde est tel, que mes alarmes continuelles, mes reproches dictés par l'amour le plus tendre, ne peuvent vous toucher, et que vous aimez mieux me voir au désespoir que de changer la moindre chose à votre plan de conduite. Vous ne voulez pas sentir les inconvénients de cette grande dissipation ; d'abord, elle refroidit le sentiment, elle ôte à l'âme son énergie, sa candeur, et il ne peut plus exister d'amour dans une âme ainsi dégradée. Savez-vous ce qui arrivera? Presque involontairement vous reprendrez l'habitude de la coquetterie; la société formera des projets de liaison pour vous, afin de vous posséder davantage; quelques hommes prendront cette coquetterie pour de l'amour; ils se monteront la tête; il y en a que vous voyez tous les jours, ils croiront aisément que votre cœur est libre, et penseront vous rendre service en vous détachant de moi. Quoique vous me paraissiez un ange, vous pourriez n'être qu'une femme, et ne pas résister à tout cela. Enfin, il arrivera quelque histoire que vous me confierez : vous connaissez ma sensibilité, ma mauvaise tête; j'exigerai des sacrifices que vous ne ferez pas, parce qu'ils deviendront chaque jour plus difficiles; notre bonheur sera à jamais troublé, vous en serez affligée sans pouvoir me consoler; c'est alors que vous sentirez le chagrin d'être obligée d'avoir une conduite contraire à vos principes et à votre bonté naturelle. Quelque effort que vous fassiez pour vaincre votre sensibilité, il vous en restera toujours assez pour vous reprocher de m'avoir rendu malheureux. Vous vous rappellerez douloureusement que jamais vous n'avez été plus tendrement aimée. Voilà pourtant à quoi vous vous exposez. Je comptais beaucoup sur votre dernière lettre pour me calmer; mais j'avais beau lire doucement, et puis recommencer, je voyais toujours la fin trop près du commencement. On est si superstitieux quand on aime! on craint tout, on croit tout possible. Méré est venu me voir hier, il m'a beaucoup parlé de vous; il faudrait être bien maladroit pour me parler d'autre chose. A Paris, personne ne vous parle de moi, on paraît, au contraire, m'y oublier.

Les passions font de nous un mélange de méfiance et de crédulité, comme je le disais tout à l'heure; on croit tout ce que l'on craint, et l'instant d'après tout ce que l'on désire. Ah ! sans l'amour, comme je serais raisonnable ! Je l'étais à douze ans beaucoup plus qu'à présent; tout le monde m'en faisait compliment; mais mon parti est pris. L'âge de la raison est passé pour moi quand il commence pour les autres, et il ne reviendra jamais, à moins cependant que je ne tombe en enfance. Adieu; pendant mon absence, vos lettres soutiennent ma vie.

Ninon au marquis de Villarceaux

A Paris, ce 20 octobre 1650.

Je ne puis m'empêcher de vous parler encore de ces lettres de madame de Sévigné, mon cher marquis; leur grâce est inconcevable; si jamais on en fait recueil, il n'y aura pas de lecture plus agréable.

Je pensais, et je disais l'autre jour, qu'en général,

dans ce genre de style, les femmes avaient tout avantage sur les hommes; je voudrais en trouver la raison. Peut-être sentons-nous plus vivement, avec plus de délicatesse que vous; peut-être cette délicatesse nous fait-elle apercevoir mille nuances qui vous échappent, que nous peignons avec le sentiment qui nous les indique, et que votre goût et votre esprit apprécient, mais qu'ils n'auraient jamais pu découvrir. Je crois qu'il en est de notre style ainsi que de nos soins. Voyez comme nous savons calmer, consoler une âme souffrante, malade; voyez jusqu'à quel point nous pouvons pousser ces attentions de détail qui adoucissent les ennuis, les peines, même les malheurs; de quelle suite nous sommes capables dans ce genre! En vain vous voudriez nous imiter, vous vous perdriez sans cesse, dans la progression adroite, insensible, qu'il faut mettre à ces soins, et qui fait seule leur pouvoir et leur charme.

De même notre style, par une piquante diversité, prend tour à tour ces teintes douces qui vous sont inconnues. Plus brillants que nous en pensées fortes, et plus féconds en images frappantes, votre imagination même vous nuit; souvent pressés par elle, vous abandonnez une idée que nous nous plaisons à développer, à définir. Quelquefois un mot suffit pour donner toute l'expression à une pensée; vous l'oubliez, nous l'écrivons; enfin nous avons déjà peint, que vous n'avez encore été qu'éloquents.

Lisez les lettres d'une femme tendre, même passionnée ; elles sont moins brûlantes, moins expressives que celles de son amant ; l'amour cependant s'y fait mieux reconnaître ; peut-être nulle phrase n'est énergique, ne peint le délire du sentiment ; mais chaque mot respire et la tendresse et l'abandon ; toutes ses expressions semblent être unies, enchaînées par la même pensée ; jusqu'au désordre de son style, tout en ressent l'empreinte, et rien ne peut en interrompre l'effet.

Enfin, soit amour, soit amitié, comme l'un ou l'autre de ces sentiments est le fondement de notre bonheur ou de notre malheur, est, en un mot, le plus grand intérêt de notre vie, nous les avons plus médités, plus calculés que vous, nous saisissons mieux les rapports, les nuances, nous devons mieux les définir ; et d'ailleurs, le dirai-je ? l'habitude de feindre, de cacher de bonne heure nos impressions, en rend l'expression plus adroite, plus fine ; notre amour-propre même est accoutumé à se modifier sans cesse selon les circonstances. Cette étude, cette victoire sur soi-même, est peut-être au dessous de vous ; mais il est certain que si notre amour-propre égale, ou même surpasse le vôtre, jamais il ne se montre aussi à découvert, et dans mille occasions notre style doit s'en ressentir. Parlerai-je à présent de la gaieté, de la plaisanterie, qui fait souvent tout le piquant d'une lettre ? Vous conviendrez que tout, jusqu'à nos défauts. notre légèreté même, nous donne l'avantage dans ce genre. L'instinct de notre coquetterie, ce besoin secret de plaire, nous avertit de ne jamais pousser la gaieté jusqu'au persifflage, la peinture du ridicule jusqu'au sarcasme; si notre esprit ne nous fournit pas d'idées nouvelles, notre goût nous inspire une sorte de rapprochement, d'alliance de mots inattendus; et cette tournure, souvent négligée, quelquefois piquante, fait toute la grâce de notre diction.

Voilà, mon cher marquis, ce que je pense sur cet objet. Peut-être n'est-ce qu'un radotage; mais vous savez que je vous confie toujours ce qui se passe dans ma tête et dans mon cœur.

Ninon au marquis de Sévigné

J'ai beau vouloir vous croire amoureux, je ne puis y réussir. C'est à moi seule sans doute que je dois imputer votre tiédeur. Je ne vous aurai pas dit comme il faut : je vous aime... Je ne vous l'aurai pas dit! Eh, je le sens si bien! J'avais peut-être en vous parlant un air plus emporté que tendre; mes yeux, trop animés par le feu qui me consume, vous auront plus étonné que touché; vous aurez pris mes emportements pour des désirs, les transports de mon âme pour des fureurs de tempérament. Grand Dieu! que je serais malheureuse si, à force de vous avoir dit de vous défier des femmes, vous vous étiez fait une habitude de confondre les preuves d'une passion véritable, avec le jeu de la coquetterie! Mais je me trompe, le calme le plus tendre succéda à mes emportements : il n'aura pas manqué de vous persuader... Cependant n'aurez-vous point pris ce changement pour un mouvement d'indifférence ou de regret de m'être si fort avancée?... Moi, me repentir de vous aimer, de vous l'avoir dit! quelle injure vous me feriez, en me soupçonnant de cette faiblesse! Une autre se reprocherait les discours que je vous tiens, elle croirait en être humiliée; moi, je serais avilie à mes propres yeux, si je n'osais pas me faire gloire de ma passion, si je réglais les mouvements de mon cœur sur l'opinion des autres. Non, je ne veux être heureuse ou malheureuse que par moi, ou plutôt par nous. Si vous m'aimez, le reste de l'univers est-il quelque chose pour moi? Mais, quoique dégagée de toutes les erreurs qui tourmentent mes pareilles, en suis-je plus tranquille? Un démon plus puissant, je n'ose dire plus cruel encore, m'agite et me tourmente ; c'est l'amour, c'est l'incertitude d'être aimée, c'est la crainte de ne pas vous aimer comme vous voulez l'être. Ne viendrez-vous point calmer tant d'agitations? Je ne sais comment cela se fait ; vous avez toujours avec moi des torts infinis quand vous êtes absent ; mais ce n'est pas vous seul qui en avez, c'est tous ceux qui m'environnent, c'est moi-même, c'est le temps qu'il fait que je trouve sombre et mélancolique. Paraissez-vous, de nouveaux rayons de lumière embellissent le jour. Mon âme vole au-devant de vous, elle se répand sur tout mon extérieur, passe dans ma bouche, dans mes yeux; elle appelle la vôtre, l'interroge, lui demande si elle partage la joie qui me transporte : en un mot, votre présence est pour moi ce que le lever de l'aurore est au monde.

Mademoiselle de Lespinasse à M. de Guibert

Huit heures et demie, 1773.

Mon ami, je ne vous verrai pas, et vous me direz que ce n'est pas votre faute ! mais si vous aviez eu la millième partie du désir que j'ai de vous voir, vous seriez là; je serais heureuse. Non, j'ai tort, je souffrirai, mais je n'envierai pas les plaisirs du ciel. Mon ami, je vous aime comme il faut aimer, avec excès, avec folie, transport et désespoir. Tous ces jours passés, vous avez mis mon âme à la torture. Je vous ai vu ce matin. J'ai tout oublié, et il me semblait que je ne faisais pas assez pour vous, en vous aimant de toute mon âme, en étant dans la disposition de vivre et de mourir pour vous. Vous valez mieux que tout cela; oui, si je ne savais que vous aimer, ce ne serait rien en effet; car y a-t-il rien de plus doux et de plus naturel que d'aimer à la folie ce qui est parfaitement aimable? Mais, mon ami, je fais mieux qu'aimer : je sais souffrir; je saurai renoncer à mon plaisir pour votre bonheur. Mais voilà quelqu'un qui vient troubler la satisfaction que j'ai à vous prouver que je vous aime.

Savez-vous pourquoi je vous écris? c'est parce que cela me plaît : vous ne vous en seriez jamais douté, si je ne vous l'avais dit. Mais, mon Dieu! où êtes-vous? Si vous avez du bonheur, je ne dois plus me plaindre de ce que vous m'enlevez le mien.

Diderot à Mademoiselle Voland

9 octobre 1759.

Je suis chez mon ami, et j'écris à celle que j'aime. O vous, chère femme, avez-vous vu combien vous faisiez mon bonheur? savez-vous enfin par quels liens je vous suis attaché? Doutez-vous que mes sentiments ne durent aussi longtemps que ma vie? J'étais plein de la tendresse que vous m'aviez inspirée quand j'ai paru au milieu de nos convives : elle brillait dans mes yeux; elle échauffait mes discours; elle disposait de mes mouvements; elle se montrait en tout. Je leur semblais extraordinaire, inspiré, divin. Grimm n'avait pas assez de ses yeux pour me regarder, pas assez de ses oreilles pour m'entendre; tous étaient étonnés; moi-même j'éprouvais une satisfaction intérieure que je ne saurais vous rendre. C'était comme un feu qui brûlait au fond de mon âme, dont ma poitrine était embrasée, qui se répandait sur eux et qui les allumait. Nous avons passé une soirée d'enthousiasme dont j'étais le foyer. Ce n'est pas sans regret qu'on se soustrait à une situation aussi douce. Cependant il le fallait; l'heure de mon rendez-vous m'appelait: j'y suis allé. J'ai parlé à d'Alembert comme un ange. Je vous rendrai cette conversation au Grandval. Au sortir de l'allée d'Argenson où vous n'étiez pas, je suis rentré chez Montamy qui n'a pu s'empêcher de me dire en me quittant: « Ah, mon cher Monsieur, quel plaisir vous m'avez fait! » Et moi, je répondais tout bas à l'homme froid que j'avais remué: Ce n'est pas moi; c'est elle, elle qui agissait en moi. A huit heures je l'ai quitté. Je suis chez lui[1]; je l'attends, et en l'attendant je rends compte des moments doux qu'ils vous doivent et que je vous dois: mais le voilà venu. Adieu, ma Sophie, adieu, chère femme! je brûle du désir de vous revoir, et je suis à peine éloigné de vous. Demain à

1. Chez Grimm.

neuf heures je serai chez le baron. Ah! si j'étais à côté de vous, combien je vous aimerais encore. Je me meurs de passion. Adieu, adieu.

Miss Fanny Butlerd à Milord Charles Alfred, Comte d'Erford

MADAME RICCOBONI

Mardi, à minuit, au coin de mon feu.

Je ne veux pas me coucher; non, je ne le veux pas : je veux rester là. Je n'aime de mon appartement que l'endroit où je suis. Ma chambre est un pays étranger pour moi : je ne vous y ai jamais vu. Ici tout est vif, tout est riant, tout a reçu l'empreinte chérie : ce cabinet est mon univers. Mais, mon cher Alfred, vous êtes encore avec les autres; dans une heure, dans deux, peut-être, vous serez avec moi. Votre main, cette main que j'aime, tracera les pensées délicates de votre âme; elle m'apprêtera le plus grand des plaisirs. Qu'il est doux de porter ses regards sur les expressions tendres et passionnées d'un amant que l'on adore, de se répéter les noms flatteurs qu'il nous donne. Je suis donc *votre maîtresse*, *votre chère maîtresse*, *votre amie*, *votre*

6

première amie, vous ne vivez point loin de moi : vous ne sentez votre existence, que lorsque l'instant où vous m'allez voir, approche. Quoi c'est moi qui anime cette jolie machine? c'est le feu de mon amour qui lui donne et le mouvement, et la grâce avec laquelle elle se meut? Ah! dis-le moi cent fois, mille fois; dis-le moi toujours! Qu'il était aimable ce soir! N'avoir pas vu que cette femme était belle! n'avoir vu que moi! Ah! que je vous aime! Je vous aime tant, que si vous étiez là... Je vous aimerais trop.

Lettre à Julie

J.-J. ROUSSEAU. — LA NOUVELLE HÉLOÏSE

Puissances du ciel! j'avais une âme pour la douleur, donnez-m'en une pour la félicité. Amour, vie de l'âme, viens soutenir la mienne prête à défaillir. Charme inexprimable de la vertu, force invincible de la voix de ce qu'on aime, bonheur, plaisirs, transports, que vos traits sont poignants! qui peut en soutenir l'atteinte? Oh! comment suffire au torrent de délices qui vient inonder mon cœur? comment expier les alarmes d'une craintive amante? Julie... non; ma Julie à genoux! ma Julie verser des pleurs!... celle à qui l'univers devrait des hommages, supplier un homme qui l'adore de ne pas l'outrager, de ne pas se déshonorer lui-même ! Si je pouvais m'indigner contre toi, je le ferais, pour tes frayeurs qui nous avilissent. Juge mieux, beauté pure et céleste, de la nature de ton empire. Eh! si j'adore les charmes de ta personne n'est-ce pas surtout pour l'empreinte de cette âme sans tache qui l'anime, et dont tous tes traits portent la divine enseigne ? Tu crains de céder à mes poursuites ? Mais quelles poursuites peut redouter celle qui couvre de respect et d'honnêteté tous les sentiments qu'elle inspire ? Est-il un homme assez vil sur la terre pour oser être téméraire avec toi ?

Permets, permets que je savoure le bonheur inattendu d'être aimé... aimé de celle... Trône du monde, combien je te vois au-dessous de moi ! Que je la relise mille fois, cette lettre adorable où ton amour et tes sentiments sont écrits en caractères de feu ; où malgré tout l'emportement d'un cœur agité, je vois avec transport combien, dans une âme honnête, les passions les plus vives gardent encore le saint caractère de la vertu ! Quel monstre, après avoir lu cette touchante lettre, pourrait abuser de ton état, et témoigner par l'acte le plus marqué son profond mépris pour lui-même ? Non, chère amante, prends confiance en un ami fidèle qui n'est point fait pour te tromper. Bien que ma raison soit à jamais perdue, bien que le trouble de mes sens s'accroisse à chaque instant, ta personne est désormais pour moi le plus charmant, mais le plus sacré dépôt dont jamais mortel fut honoré. Ma flamme et son objet conserveront ensemble une inaltérable pureté. Je frémirais de porter la main sur tes chastes attraits plus que du plus vil inceste; et tu n'es pas dans une sûreté plus inviolable avec ton père qu'avec ton amant. Oh! si jamais cet amant heureux s'oublie un moment devant toi!... L'amant de Julie aurait une âme abjecte! Non quand je cesserai d'aimer la vertu, je ne t'aimerai plus; à ma première lâcheté je ne veux plus que tu m'aimes.

Rassure-toi donc, je t'en conjure au nom du tendre et pur amour qui nous unit; c'est à lui de t'être garant de ma retenue et de mon respect, c'est à lui de te répondre de lui-même. Et pourquoi tes craintes iraient-elles plus loin que mes désirs? à quel autre bonheur voudrais-je aspirer, si tout mon cœur suffit à peine à celui qu'il goûte? Nous sommes jeunes tous deux, il est vrai; nous aimons pour la première et l'unique fois de la vie, et n'ayant nulle expérience des passions: mais l'honneur qui nous conduit est-il un guide trompeur? a-t-il besoin d'une expérience suspecte qu'on n'acquiert qu'à force de vices? J'ignore si je m'abuse; mais il me semble que les sentiments droits sont tous au fond de mon cœur. Je ne suis point un vil séducteur comme tu m'appelles dans ton désespoir, mais un homme simple et sensible, qui montre aisément ce qu'il sent, et ne sent rien dont il doive rougir. Pour dire tout en un seul mot, j'abhorre encore plus le crime que je n'aime Julie. Je ne sais, non, je ne sais pas même si l'amour que tu fais naître est compatible avec l'oubli de la vertu, et si tout autre qu'une âme honnête peut sentir assez tous tes charmes. Pour moi, plus j'en suis pénétré, plus mes sentiments s'élèvent. Quel bien, que je n'aurais pas fait pour lui-même, ne ferais-je pas maintenant pour me rendre digne de toi? Ah! daigne te confier aux feux que tu m'inspires, et que tu sais si bien purifier; crois qu'il suffit que je t'adore, pour respecter à jamais le précieux dépôt dont tu m'a chargé. Oh! quel cœur je vais posséder! Vrai bonheur, gloire de ce qu'on aime, triomphe d'un amour qui s'honore, combien tu vaux mieux que tous ses plaisirs?

Mirabeau à Sophie

O mon amie si tendre! quel bonheur inattendu! quel torrent de volupté coule de mon sein! Je reçois ta lettre au moment où je fermais celle où je la demandais; elle est douce, elle est tendre, elle est aimable comme toi, elle me rassure sur la santé de tout ce qui m'est cher, ou du moins tout ce qui m'est plus cher que le reste du monde; elle allume mon sang, mais c'est une chaleur vivifiante qu'elle y porte. Oui, chaque fois que Gabriel reconnaît ton caractère, chaque fois qu'il lit les assurances de ton amour, chaque fois que le toucher de ton haleine, de tes mains, de tes yeux, peut-être aussi celui de tes lèvres, empreint sur un papier que je ne garde point, hélas! assez longtemps, mais que je jonche de baisers aussi longtemps qu'il est en mon pouvoir, chaque fois que tous ces trésors frappent mes regards, il me semble que je puise à la source de la vie, que j'arrête la faux du temps, que je repousse au moins pendant quelque temps ces poisons dont l'infortune voudrait m'abreuver.

Oh! non, ma Sophie! non, tu n'as rien fait qui me déplût. J'étais triste lorsque j'écrivis la lettre qui t'a serré le cœur, parce que je croyais m'apercevoir que tu n'avais pas reçu les miennes, parce que je tremblais de ne plus recevoir des tiennes, parce que je sentais la vie se retirer de mon cœur avec l'espoir. Tu sais que mon esprit prend toujours la teinte du sentiment qui l'agite; juge si mon style devait être assombri; mais, mon amour si cher, aucun mécontentement personnel à toi n'influait sur la noire disposition de mon être; ma confiance n'a pas été altérée un instant, je te le jure... O ma Sophie-Gabriel! c'est un délicieux bonheur que d'avoir une amie charmante et de jouir d'autant de sécurité, que si c'était une laide qui ne fût désirée de personne, et tu m'as fait connaître ce bonheur. Hélas! il en est un plus doux encore, c'est d'être avec elle, et la privation de celui-là flétrit beaucoup les autres. Au reste, quand je dis *sécurité*, fanfan, je n'exclus point la jalousie, mais la *méfiance:* la méfiance, selon moi, déshonore les deux amants. Pour cette inquiète passion que j'appelle jalouse, qui n'est que la crainte d'être aimé moins, je soutiens qu'il n'y a qu'un faible amour qui en soit exempt. Ne crois donc pas que je m'en guérisse, ni que je m'en défende; mais ne crains point que je conçoive jamais ces odieux soupçons qui changent l'amour en fiel, l'empoisonnent et flétrissent ses roses.

La princesse Repnin au duc de Lauzun

O mon ami, mon amant! toi que j'idolâtre, toi qui réunis toutes les affections de mon cœur, tu n'es plus près de moi! Tu es parti! je l'ai voulu. Pourquoi m'as-tu obéi? Ai-je donc dû faire quelque chose pour des devoirs que j'ai violé! Des horreurs qui m'environnent, celles de la mort sont les moins affreuses; si tu savais quel avenir s'ouvre devant moi! J'ai perdu toute espérance, tout droit d'être heureuse. Je n'ose plus rien promettre, j'ai trahi mes serments. Que ton amour du moins, que ton bonheur me tienne lieu de ce que j'ai perdu. Mais, hélas! je parle de l'avenir, et je me meurs! Je n'aurai point le barbare courage de t'ordonner de vivre; je ne sais ce qui se passe en moi, tous mouvements jusqu'alors inconnus. Je sens mes derniers soupirs sur des lèvres qui brû-lent encore de tes baisers. Viens, ne perds pas une minute, mourons dans les bras l'un de l'autre: que le bonheur et le plaisir soient notre dernière sensation! Non; n'écoute pas des désirs insensés. Que mes remords, du moins, expient ma faute. Puisse le courage de n'être plus coupable me rendre, aux dépens de ma vie et de mon bonheur, quelque estime pour moi-même.

Madame d'Esparbelle au duc de Lauzun

Je suis fâchée, Monsieur le duc, que ma conduite vous donne de l'humeur. Il m'est impossible d'y rien changer, et plus encore de sacrifier à votre fantaisie les personnes qui vous déplaisent. J'espère que le public jugera des soins qu'elles me rendent avec moins de sévérité que vous. J'espère que vous me pardon-donnerez, en faveur de ma franchise, les torts que vous me croyez. Beaucoup de raisons, qu'il serait trop long de détailler, m'obligent à vous prier de rendre vos visites moins fréquentes. J'ai trop bonne opinion de vous pour craindre de mauvais procédés d'un homme aussi honnête.

J'ai eu bien du goût pour vous ; ce n'est pas ma faute si vous l'avez pris pour une grande passion, et si vous vous êtes persuadé que cela ne devait jamais finir. Que vous importe, si ce goût est passé, que j'en aie pris pour un autre, ou que je reste sans amant ; vous avez beaucoup d'avantages pour plaire aux femmes : profitez-en pour leur plaire, et soyez convaincu que la perte d'une peut toujours être réparée par une autre : c'est le moyen d'être heureux et aimable. Vous êtes trop honnête pour me faire des méchancetés ; elles tourneraient plus contre vous que contre moi. La mauvaise opinion et la défiance des autres femmes me vengeraient de vous, si vous étiez capable de mauvais procédés. Les avis que je vous donne doivent vous prouver que l'intérêt et l'amitié survivent aux sentiments que j'avais pour vous.

Lady Sarah Lenox au duc de Lauzun

Lady Sarah Lenox, sœur du duc de Richmond, avait épousé un simple baronnet du comté de Suffolk, après avoir été délaissée par le roi d'Angleterre qui n'avait pas osé se marier avec elle. Venue à Paris en 1766, elle eut une intrigue avec le duc de Lauzun, à qui elle avait été présentée dans un concert par le prince de Conti.

Lettre.

Je vous aime, et vous voyant bien malheureux et bien sensible, j'ai été persuadée de votre amour, et je n'ai pu résister au plaisir de soulager vos peines, en vous faisant l'aveu du mien. Un amant est ordinairement à peine un événement dans la vie d'une femme française; c'est le plus grand de tous pour une anglaise : de ce moment tout est changé pour elle, et la perte de son existence et de son repos est communément la fin d'un sentiment qui n'a en France que des suites agréables et peu dangereuses. Cette certitude cependant ne les arrête pas toujours. Choisissant nos maris, il nous est moins permis de ne pas les aimer, et le crime de les tromper ne nous est jamais pardonné. Je joindrais à cela des remords réels d'être aussi ingrate pour les bons procédés de sir Charles, dont mon bonheur est la principale occupation. J'ai du plaisir à vous dire je vous aime; mais je n'en suis pas moins convaincue que nous n'avons que des malheurs à attendre de notre amour. Nos nations sont toujours séparées par la mer, et souvent par la guerre. Nous passerons les trois quarts de notre vie sans nous voir, et notre destinée dépendra sans cesse d'une lettre égarée ou interceptée. Nous avons tout à craindre de milord Carlisle ; il est amoureux de moi depuis longtemps, et raisonnable, parce qu'il croit impossible que j'aie un amant ; mais la jalousie l'éclairera bien promptement, et le rendra capable de tout. Je dois aussi vous parler de mon caractère : je suis naturellement coquette ; je vous sacrifierai ma coquetterie avec plaisir, si cela dépend de moi ; mais votre jalousie pourrait nous rendre bien malheureux tous deux. J'ai trop bonne opinion de vous pour compter pour quelque chose le risque de livrer mon honneur et mon bonheur à votre honnêteté et à votre discrétion ; jugez si je dois, si je puis avoir un amant !

TABLE DES MATIÈRES

10359. — Imprimerie A. Lahure, rue de Fleurus, 9, à Paris

LE

JARDINIER

DES SALONS

OU

L'ART DE CULTIVER LES FLEURS

dans les appartements, sur les croisées
et sur les balcons

PAR ISABEAU

1 volume in-18. . . . 1 franc.

Lorsque la belle saison s'est évanouie et qu'on est confiné chez soi par le froid, quel bonheur d'avoir de la végétation et des fleurs! En suivant les conseils de notre *Jardinier*, nos lecteurs pourront, malgré les frimas, créer autour d'eux un printemps perpétuel.

ENVOI FRANCO CONTRE TIMBRES-POSTE OU MANDATS

LE VÉRITABLE INTERPRÈTE DES SONGES

PAR JOSEPH

1 volume in-18. . . . 50 cent.

Dans ce traité, l'auteur n'a donné place qu'aux explications justifiées par une longue pratique : donc, nous pouvons affirmer qu'en le consultant on aura l'explication réelle des songes qu'on aura eus. L'auteur donne des preuves irrécusables des faits qu'il avance.

ENVOI FRANCO CONTRE TIMBRES-POSTE OU MANDATS

L'ART DE DIRE LA BONNE AVENTURE ET DE FAIRE LES RÉUSSITES-PATIENCES AVEC LES CARTES FRANÇAISES

D'APRÈS Mlle LENORMAND

1 volume in-18. . . . 1 fr.

OUVRAGE ILLUSTRÉ DE GRAVURES REPRÉSENTANT LES RÉUSSITES

Cet ouvrage enseigne à dire la Bonne Aventure, non seulement avec les tarots égyptiens, mais encore avec les cartes usuelles : c'est le résumé de la science de la célèbre Mlle Lenormand, et ceux qui le consulteront y trouveront d'excellents conseils. — Il se termine par un choix des réussites-patiences les plus agréables, pouvant offrir une distraction utile aux personnes qui, pour une cause quelconque, ne peuvent sortir.

ENVOI FRANCO CONTRE TIMBRES-POSTE OU MANDATS

GUIDE DU BON MAITRE

ET DU

BON DOMESTIQUE

INDIQUANT LES OBLIGATIONS RÉCIPROQUES QU'ILS ONT A REMPLIR
ET DONNANT AVEC DES CONSEILS FORT UTILES
TOUTES LES CONNAISSANCES INDISPENSABLES AUX SERVITEURS
EN GÉNÉRAL ET LES LOIS AUXQUELLES ILS SONT SOUMIS

par

J. POISLE-DESGRANGES

La Conscience doit avoir aussi son maître : c'est le devoir

Si l'ancien proverbe « Tel maître, tel valet, » est encore vrai, — et rien jusqu'à ce jour n'est venu en infirmer la valeur, — nul ne doute que cet ouvrage ne contribue à faire d'excellents maîtres et d'excellents domestiques.

Qu'un domestique se pénètre bien de la substance de ce livre, et il satisfera assurément le maître le plus difficile. Le maître, à son tour, pourra-t-il rester en arrière ?

Un volume in-18 de 192 pages, 1 franc.

Cet ouvrage a été couronné par la Société nationale d'Encouragement au Bien.

ENVOI FRANCO CONTRE TIMBRES-POSTE OU MANDATS

MANUEL

DU

JEU D'ÉCHECS

D'APRÈS PHILIDOR

LOIS RÈGLES, CONVENTIONS ET PROBLÈMES

PAR ÉZÉCHIAS

1 volume in-18 . . . 1 fr.

Le jeu d'Échecs est certainement celui qui offre les combinaisons les plus variées, et il exige une attention soutenue : ce Manuel a condensé toutes les lois, les règles et les conventions de ce jeu d'une façon si claire et si succincte, que toute personne peut le concevoir rapidement ; des problèmes aussi intéressants que variés développeront ensuite l'intelligence du joueur.

ENVOI FRANCO CONTRE TIMBRES-POSTE OU MANDATS

LA

GYMNASTIQUE

AU JARDIN ET AU SALON

OU

L'HYGIÈNE

PAR DES EXERCICES RAISONNÉS, SANS AUCUN APPAREIL

suivie de récréations gymnastiques propres à développer rationnellement le système musculaire et pouvant être exécutées partout

PAR LOUIS DE VALLIÈRES

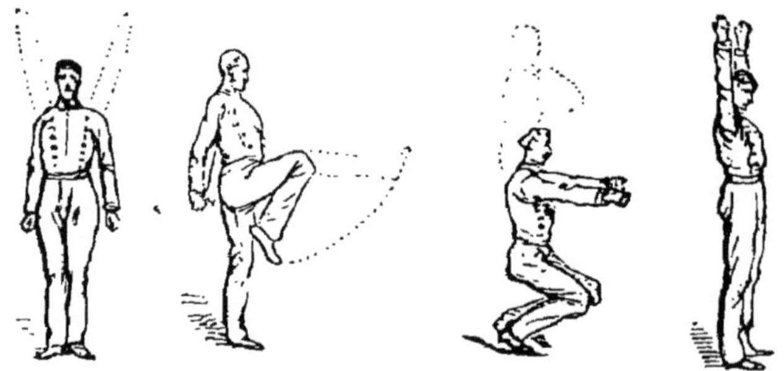

1 volume in-18 . . , 1 fr.

La Gymnastique, tout en produisant d'heureux effets sur la santé de ceux qui s'y livrent, a l'avantage de leur inspirer de la confiance dans certaines positions difficiles, et en leur donnant la confiance dans leurs propres forces, les aide à se tirer d'un danger ou à porter secours à leurs semblables.

ENVOI FRANCO CONTRE TIMBRES-POSTE OU MANDATS

GUIDE COMPLET
DE
LA DANSE

CONTENANT

Le Quadrille — Le nouveau Quadrille croisé — La Polka
La Polka-Mazurka — La Redowa — La Schottisch
La Valse — Le Quadrille des Lanciers
Toutes les figures du Cotillon — La Mazurka polonaise
avec la musique

PAR GAWLIKOWSKI

PROFESSEUR DE DANSE A PARIS

CINQUIÈME ÉDITION, REVUE ET AUGMENTÉE

Un volume in-18. . . . . 1 fr.

La Danse est la distraction la plus aimable qu'on puisse offrir aux jeunes gens, et ce Manuel, dû à l'un de nos premiers professeurs de musique, a pour but surtout d'enseigner l'art de la danse, sans le secours d'aucun maître : on y trouvera non seulement les danses déjà anciennes, mais encore toutes les danses modernes, et notamment de copieux détails sur le *Cotillon* et toutes les figures qui le composent.

ENVOI FRANCO CONTRE TIMBRES-POSTE OU MANDATS

L'ÉCOLE DE L'ESCRIME

PETIT MANUEL PRATIQUE A L'USAGE DE L'ARMÉE

PAR J.-A. BLOT

Ancien maître d'armes au régiment

SUIVI

DU CODE DU DUEL

Un volume in-18. . . . . 1 fr.

Tout homme doit pratiquer l'Escrime, non pas en vue de ce qu'on est convenu d'appeler les affaires d'honneur, mais parce qu'il n'est pas d'exercice aussi hygiénique, et qui, aussi bien que lui, rende le corps souple et dégagé. Ce Manuel, destiné à l'armée, convient à tout le monde, et en én suivant les indications, il n'est nullement besoin de professeur.

ENVOI FRANCO CONTRE TIMBRES-POSTE OU MANDATS

MANUEL
DU CAVALIER

POUR APPRENDRE A MONTER A CHEVAL

PAR

PH. DESCLÉE

SUIVI

D'UNE ÉTUDE DE HAUTE ÉQUITATION PAR SALVADOR

DEUXIÈME ÉDITION

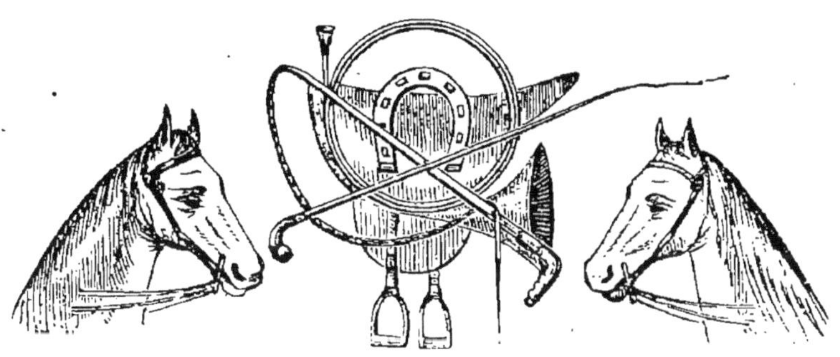

1 volume in-18. . . 1 fr.

L'Équitation se recommande par l'influence salutaire qu'elle exerce sur la santé, et parce qu'il peut se présenter dans la vie une foule de circonstances où l'on aurait à regretter de ne pas savoir monter un cheval. Cet exercice assouplit le corps, lui donne de la grâce et de l'aisance, et, avec notre Manuel, chacun pourra facilement devenir un cavalier accompli.

ENVOI FRANCO CONTRE TIMBRES-POSTE OU MANDATS

MANUEL
DE LA
BOXE FRANÇAISE
ET ANGLAISE

MÉTHODE LEBOUCHER

Par DEVOST, professeur, à Paris

1 vol. illustré de 16 figures. . . 1 fr.

C'est de la combinaison par CH. LECOUR, de la boxe anglaise et de la savate qu'est née la boxe française dont nous donnons la théorie complète et raisonnée, où la force brutale doit céder à l'adresse, à l'agilité et à la ruse.

ENVOI FRANCO CONTRE TIMBRES-POSTE OU MANDATS

THÉORIE DU JEU DE LA CANNE ET DU BATON

Ornée de 60 figures

INDIQUANT LA POSE ET LES COUPS

Méthode de LARRIBEAU, associé de LEBOUCHER

1 volume in-18 . . . . 1 fr.

La canne est une arme redoutable dans les mains de celui qui sait la manier et rentre essentiellement dans les exercices gymnastiques, développe les forces musculaires, donne la souplesse et l'agilité. De là, à l'élégance, à la grâce dans les mouvements il n'y a pas loin.

ENVOI FRANCO CONTRE TIMBRES-POSTE OU MANDAT

LA

TENUE DES LIVRES

MISE A LA PORTÉE DE TOUT LE MONDE
EN PARTIE SIMPLE ET EN PARTIE DOUBLE

PAR

Albert MANILLER

NOUVELLE MÉTHODE

Nous offrons au public un guide sûr, à l'aide duquel il pourra facilement, et sans secours étranger, tenir sa comptabilité en partie simple et en partie double.

ENVOI FRANCO CONTRE TIMBRES-POSTE OU MANDATS

LA STÉNOGRAPHIE

MÉTHODE CLAIRE ET FACILE

POUR APPRENDRE, SANS MAÎTRE, A ÉCRIRE AUSSI VITE QUE L'ON PARLE

Par Édouard de LATREILLE

« Recueillir seul un discours, le relire
« et le transcrire facilement, de suite ou
« longtemps après, là était la question. »
E. D.

1 volume in-18 : 1 fr.

Non seulement, à l'aide de la méthode exposée dans ce volume, le lecteur apprendra sans maître à écrire aussi vite que l'on parle, mais encore il lui sera facile de se créer, à volonté, une foule innombrable de cas, où, d'un signe, il écrira toute une phrase, et pourra ainsi être souvent en avance sur l'orateur.

ENVOI FRANCO CONTRE TIMBRES-POSTE OU MANDATS.

LE MÉRITE DES FEMMES

POÈME

PAR GABRIEL LEGOUVÉ

DEUXIÈME ÉDITION

Accompagnée de pensées recueillies par JULES ANDRIEU

Un volume 50 centimes

Nous n'avons pas à faire l'éloge de ce charmant poème, que tout le monde doit avoir dans sa bibliothèque; nous recommandons spécialement cette édition faite sous la direction de M. Jules Andrieu, et que celui-ci a enrichie d'un choix considérable de pensées.

ENVOI FRANCO CONTRE TIMBRES-POSTE OU MANDATS

HYGIÈNE
DES
FUMEURS

PAR

LEMERCIER DE NEUVILLE & VICTOR COCHINAT

TROISIÈME ÉDITION

1 volume in-18. . . . 50 centimes

Tout le monde fume, et personne ne songe à prendre les soins que cet usage impose si l'on veut conserver les dents saines et l'haleine pure : notre ouvrage donne de nombreux conseils faciles à suivre, qui seront goûtés de nos lecteurs.

ENVOI FRANCO CONTRE TIMBRES-POSTE OU MANDATS

L'ART
DE
LA BEAUTÉ
CHEZ LA FEMME

SECRETS DE LA TOILETTE

Par LOLA MONTES

COMTESSE DE LANDSFELDT

Préface par Em. CHEVALIER

Le titre seul de cet ouvrage en indique déjà l'importance, mais la signature de l'auteur en fait un oracle. Qui, mieux que l'exentrique et malheureuse Lola, pouvait parler de la beauté, des moyens propres à développer, à conserver les charmes naturels? Et elle le fait dans un style parfois aussi mordant que sa cravache.

ENVOI FRANCO CONTRE TIMBRES-POSTE OU MANDATS

NOUVEAU GUIDE
DES

PROMENEURS

AUX

ENVIRONS DE PARIS

Dans un rayon de 60 kilomètres

AVEC DES VUES ET LE PLAN
SUIVI D'UN RÉSUMÉ DES OPÉRATIONS MILITAIRES
FAITES PAR LES ARMÉES ALLEMANDES EN 1870-71

1 volume in-18. . . . 1 fr.

Ce guide, d'un format très commode, est le compagnon indispensable de quiconque voudra visiter les magnifiques environs de Paris : le voyageur y trouvera des indications certaines et les détails historiques les plus complets et les plus étendus.

ENVOI FRANCO CONTRE TIMBRES-POSTE OU MANDATS.

LE
Secrétaire Pratique

NOUVEAU GUIDE

Pour écrire une Lettre, Pétition, Invitation avec des modèles d'Actes sous seings privés, Congés, etc.

Par A. MANILLIER

Un vol. de 196 pages. . . 1 fr.

Ce nouveau **Secrétaire** s'imposera, à coup sûr, à l'attention du lecteur, par la variété des lettres qu'il renferme, par les mille ressources qu'il offre à toute personne peu habituée à exprimer sa pensée avec un certain développement. Ajoutons, en outre, qu'il a été débarrassé de ces vieilles formules qui traînent depuis des siècles au bas de toutes les lettres ou pétitions, et que nos mœurs répudient absolument aujourd'hui.

ENVOI FRANCO CONTRE TIMBRES-POSTE OU MANDATS

ÉCONOMIE, BONNE CHÈRE

LA

CUISINE

DE LA

MÈRE MARIANNE

SUIVIE DE RECETTES

Pour vivre bien à 1 fr. et 2 fr. par jour, d'accommoder les restes et découper à table, mises à la portée des personnes qui s'occupent du soin d'un ménage.

1 Volume in-18 . . . . **1 fr.**

CUISINE. — L'idée de ce manuel est née de la difficulté croissante qu'on éprouve de jour en jour à se procurer une nourriture saine, abondante et à bon marché. Ce triple problème est résolu : il n'est pas une personne, s'occupant du bien d'un ménage, qui ne voudra maintenant connaître l'art si varié d'accommoder les restes, ou se rendre compte des mille ressources que nous offre le règne végétal

ENVOI FRANCO CONTRE TIMBRES-POSTE OU MANDATS

MANUEL DU CONTRIBUABLE

METTANT A LA PORTÉE DE TOUT LE MONDE

LE RÉSUMÉ DES LOIS ET RÉGLEMENTS

Un vol. in-18. Prix 60 centimes, rendu franco

LE PARFAIT PECHEUR A LA LIGNE ET AU FILET

SUIVI DU CALENDRIER DES PÊCHEURS, LOIS ET ORDONNANCES DE LA PÊCHE

Un volume in-18. Prix : 1 franc rendu franco

MANUEL DE L'OISELEUR

OU L'ART D'ÉLEVER, INSTUIRE LES OISEAUX, LES GUÉRIR ET LES EMPAILLER

Un volume in-18. Prix : 1 franc rendu franco

LA MÉDECINE NOUVELLE

TRAITE DE MÉDECINE ET DE PHARMACIE

RÉSUMANT

LES CONNAISSANCES QUE CHACUN DOIT POSSÉDER

SUR LA MÉDECINE

TANT POUR SA SANTÉ QUE POUR SON INSTRUCTION

Par le Docteur O. DUBOIS

1 vol. in-12 de 352 pages. . . 1 fr. 75

ATLAS DÉPARTEMENTAL DE LA FRANCE

Contenant 102 Cartes coloriées

1 vol. in-8, 1 fr. — 1 fr. 25 rendu franco

MANUEL ILLUSTRÉ DU CHASSEUR

LOIS ET ORDONNANCES
CHASSE AU CHIEN D'ARRÊT, LA VÉNERIE, ETC.

Par ROBERT DUCHÈNE

Un volume in-12 : 2 fr. et 2 fr. 50 franco

LE JARDINIER DES PETITS JARDINS

DONNANT TOUTES LES NOTIONS POUR FORMER UN JARDIN D'AGRÉMENT

Un volume in-12. Prix : **2** fr. **50**

NOUVEAU GUIDE EN AFFAIRES

CONTENANT LES NOTIONS DE DROIT, MODÈLES D'ACTES, ETC.

PAR DURAND DE NANCY

Un volume in-12. Prix : **3** fr. **50**

HISTOIRE ET RÈGLE

DU

JEU DE LA MANILLE

Par GÉGÉ

1 vol. in-18. . . . . **50** cent.

ENVOI FRANCO CONTRE TIMBRES-POSTE OU MANDATS

10268. — Imp. A. Lahure, 9, rue de Fleurus, à Paris

GUIDE DE LA FEMME

DANS LES MALADIES DE SON SEXE

SOINS A PRENDRE EN L'ABSENCE DU MÉDECIN

TRAITEMENT PRÉSERVATIF ET CURATIF

Si la femme se pénètre bien des conseils exposés dans ce guide, sa santé, en se fortifiant, accroîtra sa beauté. Souvent même elle triomphera de maladies réputées incurables; il n'est pas jusqu'à la stérilité qu'elle ne parvienne à vaincre la plupart du temps, et elle sait mieux que personne combien la naissance d'un enfant forme un lien puissant pour enchaîner le mari au foyer conjugal. Santé, beauté, union entre les époux, que faut-il de plus pour être heureux?

ENVOI FRANCO CONTRE TIMBRES-POSTE OU MANDATS

GUIDE DE L'HOMME

DANS LES

MALADIES DES VOIES URINAIRES

ET DES ORGANES GÉNÉRATEURS

Soins à prendre en l'absence du médecin

TRAITEMENT PRÉSERVATIF ET CURATIF

Cet ouvrage se recommande d'une façon tout exceptionnelle à l'attention du public par l'importance, la gravité du sujet qu'il traite. Il n'est pas besoin de faire ressortir le rôle prépondérant des organes générateurs dans l'existence ; ce n'est pas la santé seule de l'individu qui est en jeu, c'est celle des générations suivantes, c'est l'avenir, la destinée d'une nation tout entière.

1 vol. in-18 avec gravures. . . . . 1 fr.

ENVOI FRANCO CONTRE TIMBRES-POSTE OU MANDATS

DES
MALADIES VÉNÉRIENNES
ET DE
LEUR TRAITEMENT
D'APRÈS LES DOCTRINES DU Dr RICORD

PAR

LE Dr É. CLÉMENT

De la Faculté de Paris

Prix : 1 franc

Qui ne connaît les immenses services rendus à l'humanité par le docteur Ricord ? Le nom de cet éminent spécialiste, digne continuateur du célèbre Hunter, ne pourra que resplendir d'une auréole encore plus brillante, à mesure que le malade éprouvera par lui-même les bienfaits des sages conseils renfermés dans ce volume, conseils dictés par le génie uni à l'expérience.

ENVOI FRANCO CONTRE TIMBRES-POSTE OU MANDATS

DE

L'ONANISME

PAR TISSOT

REVU ET MIS A JOUR

suivi

D'UN TRAITEMENT DES MALADIES PRODUITES PAR LA MASTURBATION

Par le Dr É. CLÉMENT

De la Faculté de médecine de Paris

Prix : 1 franc

De tous les vices, il n'en est pas qui, plus que l'onanisme, engendre de terribles conséquences ; incalculable est le cortège de maladies qu'il entraîne avec lui. Aussi n'hésitons-nous pas à déclarer la lecture de ce volume éminemment utile : il inspirera une frayeur salutaire à ceux qui seraient tentés de suivre une voie honteuse, il aidera à en sortir ceux qui s'y seraient déjà engagés.

ENVOI FRANCO CONTRE TIMBRES-POSTE OU MANDATS

GUÉRISON

DE LA

GOUTTE

DU RHUMATISME ET DE L'OBÉSITÉ

A L'AIDE D'UN TRAITEMENT NOUVEAU

Par le Docteur Jules BOYER

Ex-interne des hôpitaux, ex-prosecteur d'anatomie, ex-chef des travaux anatomiques, ex-professeur de physiologie ; — membre de la Société de médecine et de chirurgie pratiques de Montpellier ; Chevalier et Commandeur de plusieurs ordres médecin inspecteur des eaux de Saxon

Prix : 1 franc

La science est restée longtemps impuissante devant cette maladie qui fait de l'homme un martyr : il était réservé à notre siècle de lutter avec succès contre elle, de la vaincre, d'en triompher. Que le goutteux le sache bien : il peut retrouver aujourd'hui la santé et la vigueur. Nous disons, *le goutteux*, car le sexe faible est rarement atteint de cette affection ; l'histoire enregistre seulement de loin en loin le nom de quelques femmes victimes de la goutte, entre autres, Marguerite de Parme, fille naturelle de Charles-Quint.

ENVOI FRANCO CONTRE TIMBRES-POSTE OU MANDATS

LA GRAMMAIRE
DE L'AMOUR
A L'USAGE DES GENS DU MONDE

PAR

A. VEMAR

Auteur du *Dictionnaire de l'Amour*
et du *Code de l'Amour*

QUATRIÈME ÉDITION, REVUE ET CORRIGÉE

Un volume in-18 . . . 50 centimes

Puis M. Vémar a voulu établir la *Grammaire de l'amour*, singulière grammaire que le collégien étudie avec la cuisinière de sa mère, en attendant que plus tard les filles du demi-monde lui en apprennent les règles aux dépens de sa bourse. Un pareil ouvrage ne s'analyse pas, il se lit.

ENVOI FRANCO CONTRE TIMBRES-POSTE OU MANDATS

LE

SECRÉTAIRE DE L'AMOUR

A L'USAGE DES GENS DU MONDE

CONTENANT DES MODÈLES POUR DÉCLARATIONS, DEMANDES EN MARIAGE, ETC.

1 volume in-18, 1 fr.

Les personnes peu habituées à développer leur pensée trouveront de précieuses ressources dans ce *Secrétaire;* toutes les situations dans lesquelles on peut être jeté ont été examinées avec soin, et font l'objet d'une lettre particulière accompagnée d'une réponse, s'il y a lieu. L'ouvrage contient, en outre, des lettres de personnages célèbres qui, tous, ont parlé supérieurement de l'amour, les uns descendant à une finesse d'analyse des sentiments inconnue avant eux, les autres s'élevant à une hauteur d'éloquence incomparable.

ENVOI FRANCO CONTRE TIMBRES-POSTE OU MANDATS

DES FRAUDES

Dans l'accomplissement des fonctions génératrices

Par le Docteur BERGERET

1 vol. in-12. 3 fr.

LES PASSIONS

DANS LEURS RAPPORTS AVEC LA SANTÉ
ET LES MALADIES

L'AMOUR ET LE LIBERTINAGE

Par le Docteur BOURGEOIS

1 vol. in-12. . . . . . 2 fr. 25

ÉTUDE MÉDICO-LÉGALE

SUR LES ATTENTATS AUX MŒURS

PAR LE DOCTEUR TARDIEU

1 vol. in-8, 5 planches en couleurs. 5 fr. 50

LA GÉNÉRATION UNIVERSELLE

LOIS, SECRETS ET MYSTÈRES

CHEZ L'HOMME ET CHEZ LA FEMME

PAR LE DOCTEUR GARNIER

1 vol. in-12 de 500 pages. . 3 fr. 50

ENVOI FRANCO CONTRE TIMBRES-POSTE OU MANDATS

OUVRAGES DU DOCTEUR JOZAN

Traité des voies urinaires, 1 volume in-12, 1 000 pages, 304 figures. . . . . **5** fr.

Maladies des femmes, 1 volume, 900 pages, 205 figures . . . . **5** fr.

Épuisement prématuré, 1 vol., 600 pages. **5** fr.

Chaque volume rendu franco. 5 fr. 50.

LES SECRETS MERVEILLEUX

DU PETIT ALBERT

AVEC FIGURES

1 vol. in-18, relié . . . . . 6 fr.

CONTES DE BOCCACE

TRADUITS PAR SABATIER DE CASTRES

1 vol. in-12. . . 2 fr. 50

HEPTAMERON

CONTES DE LA REINE DE NAVARRE

1 vol. in-12. . . 2 fr. 50

ENVOI FRANCO CONTRE TIMBRES-POSTE OU MANDATS

CONTES
DE
LA FONTAINE

1 vol. in-12. . . 2 fr. 50

RABELAIS
ŒUVRES COMPLÈTES

1 vol. in-12. . . . 2 fr. 50

VOLTAIRE
LA PUCELLE

1 vol. in-12. . . . . 2 fr. 50

PIRON
ŒUVRES CHOISIES

1 vol. in-12. . . 2 fr. 50

CENT NOUVELLES NOUVELLES

1 vol. in-12. . . . 2 fr. 50

BÉROALDE DE VERVILLE
LE MOYEN DE PARVENIR

1 vol. in-12. . . . . 2 fr. 50

VIES DES DAMES GALANTES
PAR
LE SEIGNEUR DE BRANTOME

1 volume. . . . . 2 fr.

ENVOI FRANCO CONTRE TIMBRES-POSTE OU MANDATS

10269. — Imprimerie A. Lahure, rue de Fleurus, 9, à Paris.

LIBRAIRIE DE JULES TARIDE

BIBLIOTHÈQUE DES SALONS

L'ÉCOLE DE L'ESCRIME, par J.-A. BLOT, ancien maître d'armes au régiment, suivi du *Code du duel*. 1 vol. . . . . . 1 fr.

NOUVEAU GUIDE COMPLET DE LA DANSE, par M. PHILIPPE GAWLIKOWSKI, professeur de danse à Paris. 1 vol. in-18, avec grav. . . . . . 1 fr.

MANUEL DU CAVALIER, ou l'équitation sans maître. 1 vol. in-18, avec grav. . . . . . 1 fr.

L'ART DE NAGER en mer et en rivière, appris sans maître, par DUFLO. 1 vol. . . . . . 50 c.

LE JARDINIER DES SALONS, ou l'art de cultiver les fleurs dans les appartements, sur les croisées et sur les balcons, par YSABEAU. 1 vol. in-18, orné de jolies grav. . . . . . 1 fr.

HYGIÈNE DES FUMEURS, par LEMERCIER DE NEUVILLE et VICTOR COCHINAT. 1 vol. . . . . . 50 c.

NOUVEAU GUIDE POUR SE MARIER, par L. C., suivi d'un Manuel des parrains et des marraines . . . . . 1 fr.

GUIDE DU BON DOMESTIQUE, par POISLE-DESGRANGES. 1 volume in-18. . . . . . 1 fr.

DE L'USAGE ET DE LA POLITESSE DANS LE MONDE, par Mme la baronne DE FRESNE. 1 vol. in-18. . . . . 50 c.

NOUVEAU LANGAGE DES FLEURS, des dames et des demoiselles, par Mme la baronne DE FRESNE. 1 vol. in-18, orné de 48 gravures coloriées . . . . . 1 fr.

LE MÉRITE DES FEMMES, poëme par GABRIEL LEGOUVÉ. Nouvelle édition, par J. ANDRIEU. 1 joli vol. . . . . . 50 c.

L'ORACLE DES DAMES ET DES DEMOISELLES, par EZÉCHIAS. 2e édition. 1 vol. in-18. . . . . . 50 c.

LA CHIROMANCIE, études sur la main, le crâne, la face, par JULES ANDRIEU. 1 vol. . . . . . 1 fr.

LE VÉRITABLE INTERPRÈTE DES SONGES, par JOSEPH. 1 vol. in-8. . . . . . 1 fr.

LES JEUX INNOCENTS DE SOCIÉTÉ, par POISLE-DESGRANGES. 1 vol. in-8 orné de figures. . . . . . 1 fr.

MANUEL COMPLET DES JEUX DE CARTES, par ADHÉMAR DE LONGUEVILLE. 1 vol. . . . . . 1 fr.

L'ART DE DIRE LA BONNE AVENTURE et de faire les réussites avec les cartes. . . . . . 1 fr.

MANUEL DU JEU D'ÉCHECS, lois, règles et conventions d'après PHILIDOR. 1 vol. illustré de problèmes. . . . . . 1 fr.

MANUEL DU JEU DE DAMES, TRICTRAC ET JAQUET, lois, règles, conventions, par EZÉCHIAS, illustré de problèmes. 1 fr.

LA BOXE FRANÇAISE ET ANGLAISE. Méthode de LEBOUCHER. 17 figures. . . . . . 1 fr.

LE JEU DE LA CANNE. 60 figures indiquant les poses et les coups. . . . . . 1 fr.

Imp. A. Lahure, rue de Fleurus, 9, Paris.

www.ingramcontent.com/pod-product-compliance
Ingram Content Group UK Ltd.
Pitfield, Milton Keynes, MK11 3LW, UK
UKHW022029170726
13837UKWH00001B/490